小学館文庫

書くインタビュー6

佐藤正午

小学館

書くインタビュー ⑥

目次

I 記憶ちがい

II 若い人（のうちの、どこかにいる誰か）

III なぜ?

IV めめのこと、小説のこと

聞き手　編集部オオキ
東根ユミ

I

記憶ちがい

件名：正午さんなら

246
オオキ
2021/01/10
22:55

平塚競輪場でKEIRINグランプリが行われた翌日、12月31日の午前10時過ぎ、男性は的中車券を手に静岡競輪場を訪れた。その日は払戻窓口が混雑し、対応にあたった職員は1人。そこで20万200円であるはずの払戻金を200万2000円手渡すミスが生じた。職員がそれに気づいたときには、男性はすでに札束をポケットに入れて立ち去っていた。静岡市の担当者は「こちらのミスで言いにくいが、返還してほしい」と呼びかけている。

そんなニュース記事を、きのう（1月8日）ネット上で目にしました。

まあ、脇本の逃げ切りを信じて疑わず大勝負の末に玉砕したオオキからすれば、あの大どんでん返しレースを的中させたってだけで羨《うらや》ましいことなんですけど、正午さん、このニュースにはいくつか疑問が浮かびますよね？

たとえば、20万200円なら自動払戻機で受け取れるはずなのに、どうして職員が対応する高額窓口だったのか？　とか、払戻金を受け取った男性はその場でミスに気づかなかったのか？　とか。

オオキが考えた筋書きはこうです。

男性の的中車券はほかにもあった。その合計で高額窓口になった。（正午さんもよくご存じのとおり）あの窓口では、手渡すほうも受け取るほうもその場で紙幣を数えて見せてお互い確かめるようなことは、まずない。額が大きければなおさらで、182枚ぶんの厚み（2センチ弱）が余計にあるのも瞬時にはわからないほどの合計金額だったなら、周囲の目もあるし、男性は即座にその場を立ち去るだろう。

コレどうスかね？　正午さんなら、どんな筋書きを考えますか？

あと、その記事を読んでて考えこんでしまったことがひとつ。もし万が一、自分が「返還してほしい」と呼びかけられた立場なら、返還するだろうか？　ということです。きれいごとは書きませんよ。コンビニでタバコ買って、店員に「じゅうえん多いよ」とおつりを返すのと（金額的に）だいぶ事情がちがいますからね。知らんぷりして逃げ切れるものか、まず考えます。窓口には監視カメラがついてなかったっけ？　いや、やばいな、的中車券には指紋も残っているかもしれない、といったことまで本気で考えると思うんです。正直、悩ましいところです。

正午さんなら、どうしますか？　おとなしく返還しますか？

と、ここまでメールをまとめた翌朝、つまり本日1月10日に「客から過払い分が戻された」という続報がありました。……いいひとですね。

率直な気持を書いたオオキがまるで意地きたない人間のようです。まぁいいです。文面はこのままにしときます。正午さんへの質問もこのままイキです。

正午さんなら、どうしますか？　おとなしく返還しますか？

あの大どんでん返しレースでの正午さんの戦果については、オオキからは訊《き》きづらいです。レースが終わってからきょうまで、まったく連絡できないくらいですからね。例年どおりご一緒していたら、大勝か大敗かはすぐわかるんでこんな心配無用なんですけど、正午さんなら的中していても不思議ではないはずです。……え、まさか？

グランプリ当日の昼ごろ「オオキくんがいつも競輪場に現れるころの今年の佐世保」と題して、めちゃ寒そうな、どこのスキー場だよみたいな動画をスマホに送ってもらいました。年が明けてからあの雪景色を見直して、もし佐世保に行っていたら、オケラにされたうえ、予定どおりには帰京できなかっただろうと震えました。正月は実家にも顔を出せず、東京には再び緊急事態宣言が発令され、いろいろなことが予定どおりにいくか心配な年明けです。まずは今回のやりとりが2月20日にぶじ公開されること、そしてこのあと予定していることも、正午さんとの仕事のことですが、予定どおり進むことを祈って２０２１年もよろしくお願いいたします。

件名：グランプリの予想は当たりましたか？

247
佐藤
2021/01/20
12:23

去年だったかコンビニで煙草《タバコ》を買おうとしてレジで五千円札を出したら、お釣りが九千円戻ってきたことがあった。そのとき僕がどうしたかというと、
えっ？

と思わず声をあげた。素《す》っ頓狂《とんきょう》な声を。

たぶん目も丸くなってたと思う。そしたらそれ見てレジのひとも間違いに気づいて、持っていた九千円をすぐにひっこめた。

そのあとは、とくにお互い喋《しゃべ》らなかった。終始無言の店員から正しい釣り銭を無言で受け取って僕はコンビニをあとにした。

このことから、もし競輪場の払戻窓口で、本来受け取るはずの十倍の金額を差し出された場合、おそらく同じような事態になると予測できる。

えっ？

と僕はやっぱり素っ頓狂な声をあげるだろう。

なにしろ毎日毎日ほんとに起伏にとぼしい日常生活を送っているので、ほんのちょっとした異変にも、過敏に反応してしまう。散歩に出ようと玄関のドアを開けて、外に見知らぬひとが立ってたりすると、うわっ！　と叫んだりもする。むこうはただ回覧板を持ってきただけのひとなんだけど。

だから「正午さんなら、どうしますか？　おとなしく返還しますか？」と訊かれても、「返還」以前の問題として、僕は間違った金額の払戻金は受け取れないと思うんだ。

二十万円貰うつもりでいるところへ二百万円差し出されたりしたら、いったいどれほど素っ頓狂な声をあげるか自分でも想像がつかない。えっ？　えっ？　えっ？　と声が止まらなくなって、その場にじっとしていられなくて頭を掻《か》きむしったり歩き回ったりするかもしれない。なんにしても払戻窓口のひとはそれで間違いに気づくだろう。そしてすぐに二百万円をひっこめて、無言で正規の払戻金を渡してくれるだろう。つまらない人生だ。

ところでＫＥＩＲＩＮグランプリの予想は当たりましたか？

ただしオオキくんが想像するように「男性の的中車券はほかにもあった」のなら、

そしてそれらの合計をまとめて払戻窓口で受け取ろうとしていたのなら、たしかに二十万円と二百万円の差額は総額にまぎれてさほど目立たなくなると思う。たとえば五百万円貰うつもりでいるところへ、六百八十万円差し出された場合、そんな金額の札束なんてふだん見慣れていないから、ん？（思ったより厚みがあるな）くらいに漠然と感じる程度ですむかもしれない。すると払戻窓口のひとも僕の反応からは何も読み取れず、間違いに気づかないかもしれない。

で僕は漠然とした気分のまま、差し出されたその「札束をポケットに入れて立ち去っていた」かもしれない。それならじゅうぶんありうると思う。

と書いたあとでいまふと、六百八十万円の札束がポケットに入りきるか？　ズボンのポケットに？　と疑問が浮かんで、そこから連想して思い出したことがある。

いつだったか出版社のひとから聞いた話。あるとき仕事の打ち合わせの場所に上機嫌の作家があらわれて競輪帰りだと言う。上機嫌だから勝ったんだろう、いったいいくら勝ったんですか？　と訊こうとして、訊くまえに作家のズボンのポケットがぱんぱんにふくらんでるのに気づいた。それがね、左右のポケット両方とも、レンガを突っ込んだみたいに見えたらしい。煉瓦《れんが》だよ、煉瓦。ポケットに煉瓦が入ってる（ように見える）ってすごいよね。だから何が言いたいかというと、煉瓦が入るくらいだから、六百八十万円の札束だってポケットに入りきるんだよ、きっと。

そんなことより正午さん自身のＫＥＩＲＩＮグランプリの結果はどうでしたか？　買った車券は当たったんですか？

じゃあその「札束をポケットに入れて立ち去っていた」場合にあとから「こちらのミスで言いにくいが、返還してほしい」と呼びかけられたら、僕はどうするだろうか。これも去年だったか、近所の自販機の前を通りかかって百円玉が落ちているのを見つけたことがあった。お金が道に落ちているのを見つけた以上、だまって通り過ぎるのも人間味に欠ける行為のような気がして、拾ってポケットに入れようとして、でも待てよと思い直したのは、やっぱり防犯カメラの眼が気になったからだ。百円玉一枚くらい、と思わないでもないが、落とし主があとから騒ぎ出して町内で捜索がはじまったりして、そのうち町内会長が警察と一緒にうちにやって来て、

「防犯カメラの映像にすべて記録されていました。佐藤さん、犯人はあなたですね？」

「いや僕は、道に百円落ちてたから、拾っただけですよ」

「拾ったお金は交番に届けるのがスジでしょうが」

「でもたったの百円だし」

「たったの百円！　あなたみたいなモラルのない人間はそう思うかもしれないが、お金を落としたのは幼い子供なんですよ、子供にとっての百円はわれわれにとっての百万円にも値しますよ、子供にしたらあんたは百万円の横領犯なんですよ」

「……わかりました。じゃあ、お返しします百円」

「返せばすむって問題じゃないでしょうが！」

　とか揉《も》め事になったら難儀だ。

　とっさにそう判断して、そのとき僕がどうしたかというと、拾った百円玉を落ちていたもとの位置に戻す、ゴルフのボールをマークした位置に戻すみたいに、それもなんか不審な行動に見える気がしたので、仕方がないからざっとあたりを見渡して、落とし主を探すふりをしたあと自販機の釣り銭取出し口に百円玉を押し込んで、そしてその場を立ち去った。

　拾った百円に対してそのような小心翼々の対応をするくらいだから、これが百万とか二百万とかの金額になったらどうなるかは容易に想像がつく。選択肢はない。「返還してほしい」と穏やかに呼びかけられなくてもそうなると思う。むこうのミスで間違った金額を受け取っていったんは家に持ち帰っても、あとで一万円札の枚数をきっちり数えて、数え終わったらスマホの電卓で払戻金を計算してみて、念のためもう一回お札を数え直して、もう一回スマホの電卓で確かめ算して……いるうちに何が起きたのかに気づいて、事の重大さに耐え切れなくなって自分から競輪場に出頭して返還を申し出ただろう。

グランプリの結果報告はなしですか。正午さんのグランプリの結果はどうでしたかって何べん言わせれば気がすむんですか。このままこんなふうにどうでもいい話をならべて今月の回答メールを終わらせるつもりじゃないですよね？

さて。

前置きはこのくらいにして、そろそろ今回のメインの話題に触れていこう。年末のKEIRINグランプリ、オオキくんにとって衝撃の結末をむかえたあのレースのポイントはやはり、前もっておこなわれた共同記者会見で、平原康多が脇本雄太の番手をまわると宣言したこと、それによって脇本‐平原の即席ラインができあがったこと、その一点につきるだろう。

レース展開はおおかたの予想どおりだった。

最後の一周半を残してジャンが鳴り、鳴り終わったときには脇本が先行し、後ろを平原がぴったり追走していた。三番手と四番手には瀬戸内ラインの松浦悠士と清水裕友。その後ろに南関ライン、最後方が北日本ライン。

三番手の確保に脚をつかった（せいなんだろう、たぶん）松浦は仕掛けどころで余力が残っていない。それを見た清水がみずから捲《まく》って出る。最後の直線に入る前の、その捲りがどんぴしゃで決まったかに見えた、次の瞬間だ、ハイライトは。

何が起きたか簡単に説明すると、清水は平原の横までしか行けなかったわけだね。平原が清水の捲りをブロックして止めたから。もしブロックがなければ清水は平原の横をなんなく通り過ぎ、先行する脇本まで抜いていたかもしれないね？　でもそれを言えば平原だって、清水をブロックしなければ、つまり番手の仕事を放棄していれば、最後の直線で脇本を抜いていたかもしれない。かもしれないなら何通りも想像できる。でも現実は一通りで、平原は番手の仕事をして清水を止めた。そのせいで清水も平原も着外に沈んだ。

レースが終わって、興奮がしずまってから、それは何日か経《た》って年も明けてからという意味だが、僕はようやく納得した。

平原はいわば選手目線とファン目線の両方でグランプリを走るんだろうと、前回書いたよね？　で結局レースが終わってみたら、その通りに平原は走ったんだなと思った。

ファン目線とはつまり、グランプリの大舞台で脇本‐平原と並ぶラインを見てみたいという競輪ファンの期待のことで、平原はその期待にこたえてみせたわけでしょう。選手目線のほうは、言うまでもないけど、先行選手には先行選手の、追い込み選手には追い込み選手の、それぞれ役割があるってことで、その役割分担で競輪の「ライン」は成り立っている。だから共同記者会見で、脇本とラインを組むと宣言したとき、あのときからすでに、平原が清水の捲りをブロックする展開は織り込み済みだったわけだ。だって即席とはいえ、ラインはラインなんだから。ラインの番手をまわる選手がその仕事を放棄したら、競輪という競技そのものが崩壊してしまうからね。競輪選手として平原はとうぜんの、というか、競輪選手の名に恥じない、というか、いちばん後悔の残らない走り方をしたんだろう。

もし共同記者会見のコメントがなければ、つまり平原が脇本とラインを組まず単騎を選択していれば、そしてそれでも先行する脇本の番手にたまたま付けて最後の一周の4コーナーを回ってこれたとしたら（その可能性はゼロではなかったと思う。だって平原が単騎なら脇本も単騎だったんだから）、レースの結果はまた変わっていただろう。同じ番手の位置でも、後方からの捲りに対する平原の対処はおそらく違っていただろう。そんなことを想像するとラインという言葉の重みを感じるね。いまさらながら。

ラインという言葉の重み。競輪ファンとしてさんざん使い古した言葉の真の重み。

二〇二〇年のＫＥＩＲＩＮグランプリはその一言に象徴されるよ。それが僕の率直な感想だな。

率直な感想は感想でいいですけど、結局のところ、どうだったんですか。買った車券は当たったんですか外れたんですか。最後までそこは触れないまま終わるんですか？

察してくれ。

248
オオキ
2021/02/12
17:11

件名：少し先の未来の話

このメールをオオキが書き終えて送信し、正午さんからお返事をいただき、それから校正作業や連載のとびらイラストの準備などをととのえ、ＷＥＢサイトへのアップロードも原因不明のエラーとかに見舞われず、すべてが順調にいけば今回のやりとりは３月20日に公開されることになります。……ということは、少し先の未来の話として、この情報がすでに世の中に出まわっているはずです。

『鳩の撃退法』映画化！　8月27日全国公開！

正午さん、こういうときこの連載で担当編集者はどんなテンションで文面をまとめたらいいものでしょうか？　やりましたね！　増刷も決まってグランプリの負けぶんくらいは補塡《ほてん》できますね！　みたいなノリも悪くはないと思いますけど、ここまでの道のりを振り返ると、正午さんとのやりとりを含めて思い出すこともあります。

最初は制作会社から編集部にかかってきた一本のでんわでした。ハトゲキの単行本が出てまもなくの頃、いまから6年ほど前のことです。『鳩の撃退法』で具体的にすんでいる映像化企画はありますか？　といった問い合わせでした。

正午さんには当時もお伝えしていたと思いますけど、同様の問い合わせは、ほかに何件もあって、そのつどオオキは「(具体的な企画は)ありません、よろしくお願いします」と穏やかに答えていました。ただそのでんわのときだけ、たまたま虫のいどころでも悪かったのか「やっていただけるようでしたら、本気で企画をすすめてください！」と、ちょっと踏み込んだ言葉を重ねたのを憶《おぼ》えています。

その後、オオキは何度もこの制作に関わるひとたちとの打ち合わせに出席することになりました。原作者にあたる正午さんの窓口として、なんですけど、何年にもわたって不定期で行われた打ち合わせの早い段階で、こんなことを訊かれました。

――映画化するにあたってここだけはこうしてほしいといった点はありますか？

正午さんは憶えてますか？　二人でちょっと相談しましたよね。

「こんなわがまま言ったら、映画化の話がナシになっちゃったりしない？」

「それはわかりません」

「だいじょうぶかなぁ」

「お願いするだけお願いしてみましょうよ、ダメもとで」

「ほんとうに『鳩の撃退法』のタイトルのまま映画になったらうれしいけど」


事実そうなりました。

おそらくこの映画に関わる各社では、新作「鳩の撃退法」の企画会議がくり返し開かれ、「鳩の撃退法」のシナリオも練られ、数年後には俳優のかたに「鳩の撃退法」ご出演のオファーが届き、「鳩の撃退法」のロケハンとか「鳩の撃退法」の撮影許可とかも、正午さんやオオキの知らないところで行われていたことでしょう。もしかしたら「鳩の撃退法」の台本を手にした出演者や監督ほか大勢のスタッフのあいだでは、ハトゲキの愛称で親しまれていたかもしれません。

正午さん、なんかすごくないスか？

新作小説のタイトルとして「鳩の撃退法」という言葉を正午さんから初めてうかがったのは、２０１０年の秋のこと。翌年からまる3年の連載を経て２０１４年11月に単行本化、２０１５年10月には山田風太郎賞を受賞。それからまた2年あまりの時を経て２０１８年1月に文庫化。いっぽうで、この小説を映画にしたいと本気で考えてくださるひとたちが現れて、映画「鳩の撃退法」（原作／佐藤正午）は２０２１年夏に公開予定だという。

いち編集者としてなにがうれしいかといえば、いまだに少し先の未来の話として、こうしてハトゲキの話をできることです。正午さん、10年前にこの小説を書き出された当事者としては、どのようなご心境でしょうか？

249
佐藤
2021/02/24
12:13

件名：心境

Q．どのようなご心境でしょうか？

と急にあらたまって訊かれても、自分から何かしたわけじゃないし、僕はずっと佐

世保にいて十年一日の生活を送ってるだけだからね、ここにきて心境の変化とか、

A．そういうのは特にないよ。

オオキくんがメールに書いてきたのは要するに「おまえがまず喜べ」ということなんだろうけど、言われなくてもむろん僕はハトゲキの映画化を喜んでいる。おかげで本が増刷されて、しかもハトゲキは上下巻の文庫になってるから計算上は二冊増刷されるようなもので、上巻で「グランプリの負けぶんくらいは補塡」できて、下巻のほうで当面、あくせくせずに仕事に励める。たぶん今年上半期くらいは、いや、公開予定の夏にワンチャン次の増刷がかかれば今年いっぱいいけるかも。昔書いた小説に助けられて今、まっとうな小説家の生活を送れる。よかった。長編小説を地道に、毎日毎日、じわりじわりと這《は》うように書き進める生活を。よかった。ハトゲキを書いといてよかった。あと上下巻の文庫にしてもらってよかった。

毎日毎日、じわりじわりと這うように書き進める生活って、「毎日毎日」のほうは、このロングインタビューの月一連載や、三ヶ月に一度の連載エッセイや、年一の連載小説を書くとき以外は毎日、というくらいの意味なんだけど、「じわりじわりと這う

ように」のほうは、もうほんとにその言葉どおりなんだ。

スマホのOSのアップデートのとき画面に横線が表示されるでしょう。横線というより横棒か、インストールの進捗《しんちょく》状況を見せてくれるやつ。左端からだんだんと色が変わっていって、右端まで塗りつぶされればインストール完了だけど、途中でそれが止まったように見えることがある。きっと止まってはいないんだろう、百分の一ミリとか、そのくらいは着実に進んでるんだろう。でも見た目は止まって見える。これ、いつになったら終わるんだよ？　そう思いながら進捗状況を示す横棒をじっと睨《にら》んでいたりする。オオキくんも経験あるでしょう。喩《たと》えればそれなんだよ、書き下ろしの長編小説の進み具合は。じわりじわりと這うようにって、まさにそんな感じなんだ。

先月書いたメールをオオキくんに送信した翌日から、いま書いているこのメールを書き出す前日まで、そんな感じで長編小説の続きを書いていた。極端な言い方をすると、毎日毎日ほとんど昨日と同じ場面を書いていた。それはそうなるよね。なにしろ、じわりじわりと、這うように、しか原稿は進まないわけだから。何日経っても同じ場面を書いてるんだよ。今日書いているのは、昨日書いたところの書き直しと、あとはそこからほんの数行先まで、そのていどの進み方だよ。本にすれば一頁《ページ》の半分にも満たないだろう。ときどき気持ちが萎《な》えかけて、確かな数字を求めたりもする。で、もっと気持ちが萎える。いま書いている長編が仮に五〇〇頁の本になるとして、そうすると僕は一頁を三日ほどかけて書いている計算だからざっと一五〇〇日を要することになる。ざっと一五〇〇日って何年だよ？　書きあがって本になってもそのとき何歳なんだよ。

こんなことを言うと、まあ多少の誇張は入ってるにしても正直に言ってるつもりなんだけど、誤解するひとがいるかもしれない。佐藤正午って、なんて丁寧に、丹精こめた仕事をする小説家なんだろう。来る日も来る日もこつこつこつこつ推敲《すいこう》に推敲をかさねて、じわりじわりと一日に三分の一頁ずつ小説を書き進めていくのか。なんか昔のあれだな、槌《つち》と鑿《のみ》使って、執念で崖《がけ》にトンネルあけた伝説のひとみたいだな。誰だよそれ？　誰でもいいけど、さすが昭和生まれは根性すわってるな。本一冊書くのに一五〇〇日って、いまどきの若いもんに真似《まね》できる芸当じゃないよな。小説家の鑑《かがみ》だな。わたしはその丹精こめた仕事に大いに期待するぞ。応援もするぞ。佐藤正午の新作が出たら絶対買って読むぞ！

べつにそういう方向で誤解されてもちっともかまわないんだけれども、ちなみに、というか、試みに、というか、僕がどのように来る日も来る日も丹精こめているか、小説の一場面を切り取って実例をあげると、

「ごぶさたしております先生」とオオキ（仮名）は自分から挨拶した。「中学のとき教わったオオキです。憶えておいでですか？」

「もちろん、憶えていますよ」先生がにこやかに答えた。「オオキくんでしょう。前にもいちど会ってますね、ここで」

と昨日書いていたのを、今日は、

「ごぶさたしています」とオオキは自分から挨拶をした。「中学のとき先生に教わったオオキです。憶えていらっしゃいますか？」

「ええもちろん、憶えていますよ」先生が答えた。「オオキくんでしょう。前にもいちど会いましたね、ここで」

と書き直して、さらに明日は、

「ごぶさたしています」とオオキは自分から挨拶をした。「中学のとき先生に教わったオオキです。憶えていらっしゃいますか？」

「ええもちろん、憶えていますよ」○○先生が答えた。「オオキ△△くんでしょう。前にもいちど会いましたね、ここで」

と○○と△△にそれぞれ苗字《みようじ》と下の名前を書き加えるかもしれない、みたいなことなんだ。それが僕のやってる推敲の中身で、その推敲が終わってそこからようやく数行だけ、新たに先を書く。そんな手順を毎日二時間か三時間か繰り返している。三時間以上は無理だ。集中力が持たないし、もとが虚弱体質の高齢者だし、あと競輪も打たなきゃならない。

で試しに、いまあげた（実）例文の昨日書いていたものと、今日書き直したものと、明日書き直すかもしれないものを読みくらべてみてほしい。違いがわかるか？　推敲した成果が出ているか？

率直に言って、僕にはよくわからない。昨日今日と自分が書いたものを、いまちょっと距離をとって眺めてみると、「ごぶさたしております先生」でも「ごぶさたしています」でも、「中学のとき教わったオオキです」でも「中学のとき先生に教わったオオキです」でもどっちでもいいような気がする。いや、どっちでもいいような気がするんじゃなくて、どっちでもいいに決まってる。いったい何の違いがあるんだよ。じゃあそういう盆栽いじりみたいなこまごました言葉の手入れはもうやめにして、さっさと続きを書き進めたらいいじゃないか。そしたら一五〇〇〇日かかるところが五〇〇日で書きあがるんじゃないか？　今日の仕事を終えて、机を離れて、ぼけーっと競輪見てるときなんかにはそう思う。ときどき心底思うときがある。そうしよう、明日からはそうやって細かいことは気にしないで書き進めよう。でも翌日になっていつもの時間に机について、昨日書いたところを読み返してみるとまた、ここは「違う」って思うんだね。ここは「ごぶさたしております先生」じゃないって。じゃあどう直すか？　もう頭はそっちに向いてる。で「ごぶさたしています」に直そうと決めたころには一時間くらい経っている。

昔ね、昭和の終わりごろの話だよ、東京にある出版社の、文芸誌の編集部ってとこに一回だけ顔を出したことがある。いまの僕ならありえない話だし、当時の自分が見た夢じゃないか？　とも疑えるんだけど、まあ、そういう記憶が確かにあるんだ。顔を出したというより連れていかれたんだろうね、担当編集者に。僕は小説家としてデビューしたてで、年齢も三十前だった。文芸誌の編集長に挨拶をして、むこうも挨拶代わりに僕の近況を訊ねて、長編をひとつ書きあげたと報告すると、なんだか妙に感心されて、それを書くのにどのくらい時間がかかったのか質問されたから、

「三ヶ月くらいです」

と事実を伝えると、編集長が（どんな顔してだったかは思い出せないけど）、

「それはすごい。三ヶ月はすごいよ。すごいことだ」

と、本心からすごいとは思っていないのが聞き取れる口調ですごいを連発したのを憶えている。のちに『ビコーズ』というタイトルで出版された小説なんだけどね、このやりとりをいまも憶えているおかげでそれを三ヶ月で書きあげたことも一緒に憶えている。ほんとに三ヶ月で書いたんだよ、本一冊ぶんの小説を、当時はまだ手書きだったから、万年筆でさくさくと。


だからやればできるんだよ、その気になれば。


とかいう話ではまったくないわけでね、これは。いまから三十何年も昔の話なんだから、僕はその小説を書いた時代の自分のことがもはや別人に思える。いまなら編集長側に立って、当時の自分にこう言いたい。

「すごいな。超人技だな。いったいどうやって書いたの？　やばいもんでも使った？」

やばいもんって何だよ？　何だろう。まあそれは冗談だけど、三ヶ月っていったらたったの九〇日だからね、若いときに九〇日で長編を書きあげた人間が、いまは一五

○○日だよ。情けない。というか呆《あき》れる。同じ人間か？　いつからこうなったんだ。いつからきみは、いや僕は、いまみたいに、じわりじわりとしか書き進められない小説家になってしまったんだろう。

　この三十数年のあいだに、どこかに大きな分岐点があったのだろうか。手書きをやめてワープロに乗り換えたのが失敗だったのだろうか。それともこの、さくさくからじわりじわりへの転換は、長年経験を積んだ小説家がみんなたどる道なのか？　……違うな。それは違うだろう、ワープロでさくさく小説を書いているベテランの小説家だって大勢いるだろうし。僕のじわりじわりは、筆記用具のせいでも、たんに老化のせいでもないだろう。じゃあ何だ？　何だろう。まれに小説家が発症する職業病か？「ごぶさたしております先生」を「ごぶさたしています」に直すのに一時間もかけるのはビョーキだと言われればビョーキっぽいし。若いときの無茶がたたった生活習慣病みたいなものか。九〇日で長編書いたツケをいまになって払ってるのか？

　映画の話だ。

　長編脱稿まであと何百日かかるかわからず、新作がいつ出るかもわからない、生活習慣病かもしれない小説家にとって、映画化のおかげで上下巻の文庫が増刷されるのはいちばんの吉報という話、それの補足だ。

確かにそれがいちばんはいちばんなんだけど、でもそういう生活第一の、現実直視の、ベタな算盤《そろばん》勘定を抜きにして、ほんとは抜きには語れないんだけれどもいったん抜きにして、たとえば小説を書くときにひとは報酬のことを常に考えながらは書かないように、ここで映画化がもたらした心境に目を向けるとしたら、それはやっぱり、

少し先の未来の話として、こうしてハトゲキの話をできること

そのことがうれしいと言うオオキくんに僕も同意する。

小説が本になり、文庫化され、書店で売れ残り、やがて時間とともに忘れ去られ、誰にも語られなくなる。さくさく書いてもじわりじわり書いても同じことだ。それが世に出た小説（＊註1）の向かう未来だろう。悲しい定めだろう、それでもハトゲキにはまだ時間が残されている。十年前に書き出したとき、いや、その前の準備段階から一緒にこの小説について語ってきたように、今後もなお「少し先の未来の話として、こうして」担当の編集者とハトゲキの愛称で語ることができる。幸運な小説だ。なかなかまわってこない幸運だと思う。今回の映画化で小説ハトゲキを語る時間を余分に与えられたことを、オオキくん同様、僕も素直に喜んでいる。たぶん、たぶんとしか言えないが、現実的な算盤勘定を超えたところで。

念のためそこを強調して、そいでまたこれからじわりじわりの小説書きに戻る。（＊註2）

＊註1　ひとのことじゃなくて僕の小説のことです。

＊註2　今月はその前に確定申告書の作成もある。

250
オオキ
2021/03/12
18:09

件名：天才小説家

先月、正午さんにメールをいただいた翌日。2月25日の朝から『鳩の撃退法』映画化の情報がぶじ出まわりはじめました。

映画の宣伝てすごいスね。テレビの情報番組やスポーツ紙、ネットメディアといった媒体で一斉に流れた印象でした。正午さんが以前どこかの取材で「墓碑銘にしたいくらい」とか話していた「鳩の撃退法」という言葉が、まさか令和のいまTwitterでトレンド入りするとは思ってもみませんでした。特報と呼ばれる予告映像も公開され、YouTubeの再生回数が秒単位で増えていくのもオオキは目撃しました。

その予告映像のなかで、藤原竜也さん演じる主人公の津田伸一に「天才小説家」のテロップが重ねられていました。オオキはそこでふと疑問が浮かんだんです。いや、映画のコピーにいちゃもんつけようとか、正午さんの書かれた小説のなかで津田は天才だったのかとか、そういう話じゃありませんよ。

現実の話として。正午さん、天才小説家って実在するものなんでしょうか？漠然とした疑問です。「天才」の解釈にもいろいろありそうですし、たとえば天才ピアニストや天才棋士など、世の中にはそう呼ばれてるひとたちも現にいますけど、小説家となるとどうなんでしょう。長編小説を「地道に、毎日毎日、じわりじわりと這うように書き進め」ている正午さんはどう思いますか？

天才小説家が実在するのかわかりませんけど、いるとすれば、正午さんにとってそれは具体的にどんな小説家でしょうか？

ミリオンセラー連発みたいな小説家ですか？　誰も考えつかないようなぶっ飛んだ物語を生み出す小説家ですか？　「ごぶさたしております先生」から「ごぶさたしています」に直すのに1時間くらいかける小説家は、やっぱり天才ではありませんか？同業者の作品を読んで、コレ書いたひと天才じゃん、とか思うことはありますか？

あ、天才編集者はどうなんだ？　いるのか？

251
佐藤
2021/03/23
12:23

件名：天才

ひとの小説を読んでね、これ書くの大変だったろうなあと想像することはあるよ。きっと苦労したんだろうなあ、並大抵の苦労じゃなかったろうなあ、と思うことはある。一ページか二ページか読んだだけで、これ書いたひと頭いいなあと思うこともある。博識だなあと思うことも、格調たかい文章だなあと思うこともある。自分と比べてという意味だけど、そういうのはよくある。けど、

同業者の作品を読んで、コレ書いたひと天才じゃん、とか思うことはありますか？

と訊かれたら、それはどうだろう？

あるよ、とは簡単に答えられない気がするし、ないね、と切り捨てるのもちょっと違うような気がする。

だいたいさ、オオキくんがメールで、

「天才」の解釈にもいろいろありそうですし、たとえば天才ピアニストや天才棋士など、……

と書いて、書きっぱなしで、解釈をほったらかしにしてるのがよくないんじゃないか。それを怠慢というんじゃないか。いろいろ解釈がありそうなら、「たとえば」のあとに続けるべきはその解釈例のはずじゃないか？

天才ピアニストや天才棋士と呼ばれているひとがいるなら、なぜそのひとたちがそう呼ばれているのか、「天才」の意味を推し量って最初に自分で言葉にしてみせるべきじゃないか？　それをしないで質問だけ投げてくるから、訊かれたほうは「ある」とも「ない」とも答えようがない。「天才」の解釈がいろいろあるなら、オオキくんの解釈と僕の解釈は食い違ってるかもしれない。食い違ったままQ＆Aをやっても意味がないでしょう。

生まれつき備わっている、きわめてすぐれた才能。また、その持ち主。

天才って辞書的にはそういう意味だよね。

スマホに入れてる『大辞林』(第四版)からの丸写しだけど、解釈もなにも「天才」という単語の意味はそれしかない。だからこの意味を、「同業者の作品を読んでいて、コレ書いたひと天才じゃん、とか思うことありますか?」という質問文の「コレ書いたひと天才じゃん」の部分にまずはあてはめてみる。

するとどうなるか?

コレ書いたひと、生まれつき、すごい才能あるひとじゃん。

ってことになる。

で、この場合おかしいのは、生まれつき才能があればすべて事足りる、かのごとくに聞こえることだろう。実のところは、小説を書く、そのはるか以前の問題として、言葉の学びの過程があるはずなのに。ひとは生まれつき、文字の読み書きなどできるはずもないのに。ひとがひとどおりおぼえて生まれてくる赤ん坊などいないのに。ひとが後天的に、時間をかけて学んで、身につける言葉、その言葉をやがて駆使して書くのが小説でしょう。どの程度駆使できるかは別にして、ひとは長じたのち小説を書き始めるわけでしょう。するとそこに生まれつきの才能、などというものの出る幕があるんだろうか?

ていうかそもそも生まれつきの才能って何だ？　ひとがこの世に生を享《う》ける、ただそれだけで約束された才能なんてあるのか。何の訓練も本人の努力も苦労もなしに、ただのほほんと成長して年を取るだけで花開く才能とか、そんな便利なものがあるのか？

物語の世界にならあるかもしれない。

あるかもしれないじゃなくて、僕もかつてそれっぽい登場人物を小説に書いたことがある。

たとえば長編小説『5』に出てくる石橋という女性、彼女はいわばスマホ搭載のカメラのような高スペックの知覚を持っている。目にうつった文字や数字をまばたきする間にぜんぶ記憶して脳内に保存する能力を備えている。しかもその能力は、訓練で身につけたものではなく、成長の過程でむこうからやって来たものだ。つまり自分の意志にかかわりなく、ある日突然、彼女は能力に目覚めた。

超能力だね。たぶん、ひととしてこの世に生を享けたときから約束されていた超人的な知覚能力。これなら生まれつきの才能といえるかもしれない。『5』の石橋みたいな人間は、記憶の「天才」と呼べるかもしれない。石橋みたいな人間が現実にいるのなら。

でもそうすると「天才」イコール「超能力の持ち主」ってことになるから、さっきの「コレ書いたひと天才じゃん」にまたそのままあてはめると、

コレ書いたひとエスパーじゃん！

てことになる。

で、この場合おかしいのは、言うまでもなく、エスパーと呼ばれる人間が机にかじりついてせっせと書き仕事をしている絵など思い浮かべづらいという点だ。エスパーなら、きっと小説なんか書かずに、もっとてっとりばやく派手に世間にアピールすることをやらかすだろうということだ。だってエスパーなんだから。

行き止まりだ。

天才はエスパーで、エスパーは小説を書かない。つまり天才は小説を書かない。天才が小説を書かないのなら、天才小説家なんてどこにも存在しないことになる。「コレ書いたひと天才じゃん」もあり得ないことになる。

でもそれだと、僕はそれで文句はないんだけど、ほかの小説家が困るかもしれない。僕が知らないだけでどこかに天才ともてはやされている小説家がいるかもしれないし、なかには自分で自分を天才だと信じている小説家がいるかもしれない。そのひとらの

立場が危うくなる。

だったらここでもう一回「天才」の解釈を考え直してみよう。もっと柔軟な解釈でとらえ直してみよう。

☞

もし僕が小説を読んで「コレ書いたひと天才じゃん」と言うときがあるとすれば、そのとき「天才」にこめた意味は、

A. 生まれつき備わっている、きわめてすぐれた才能。また、その持ち主。

というのではなくて、僕がスマホに入れている『大辞林』アプリで「天才」を検索すると同じ画面のすぐ左横に表示される——表示されるおかげでたまたま気づいたのだが——「天才的」という言葉の意味、これも丸写しの、

B. 天才でなければできないと思われるほど、すぐれているさま。（用例「天才的なピアニスト」「天才的な技」）

というほうに近いのではないか。「天才」よりもむしろこの「天才的」の意味で天才という言葉を僕は口にするのではないか。オオキくんもそっちの意味で質問を投げてきているんじゃないか？

実はこのBの意味での天才についても、僕は以前それっぽい登場人物を小説に書いたことがある。

短編小説「この退屈な人生」に出てくる池田くんという青年、彼は凡人にはないギャンブルの才能を持っている。彼は競輪で「自分が賭けたレースを絶対にはずさないための方法」を発見して、その唯一の方法を会得している。以下、短編集『きみは誤解している』（小学館文庫）から引用。

自分は自分が賭けたレースをはずすのが絶対に嫌でした。自分が満足するには、賭けたレースのすべてを当てるしかありません。が、そんなことは競輪においては不可能です。自分はほんの半年で悟りました。自分が賭けたレースを絶対にはずさないための方法は一つだけ残されている。それは待つことです。一〇〇パーセント当たると確信できるレースを待って、そのレースにのみ賭けることです。いつまで、どこまで待てるか、ギャンブルとしての競輪の難しさはそこに集約されます。そして自分には待てるのです。一着が（ともすれば二着までも）堅いレースに独特の、ある種のムードをつかみ取るまで、いつまでも、どこまでも待つことが可能なのです。

これは超能力ではないよね。

その時が来るのをひたすら待つだけのことなんだから、池田くんはエスパーじゃない。そこが『5』の石橋とはちがう。

でもエスパーじゃないと同時に池田くんは、余人には真似できないとてつもない才能の持ち主でもあるんだ。競輪をやらないひとにはわかりづらいかもしれないけど、目の前に常にある一攫千金《いっかくせんきん》のチャンスをスルーして、何回も何回も強い自制心でスルーして、持っている金を賭けずに次のレースを待つ、いつ訪れるかもしれない、もっと確率の高い、大きなチャンスを待ち続ける。それができるのは才能だと思う。僕ら凡百の競輪ファンからすれば、それこそ「天才でなければできないと思われるほど」の稀有《けう》な才能だろう。

同じフィールドにいる自分が、到底追いつけない、どんなに頑張っても及びもつかない、黙って見惚れるしかない才能の持ち主。この池田くんのように、決してエスパーでも天才でもないんだけど、ほんとにただの人間か？　と疑いたくなるほどの能力を、小説なら小説で発揮して、書いてみせるひと。そういうひとを仮に「天才」と呼ぶとしたら、それはたぶん、同業者の一人として、これ書くのは大変だったろうなあ、並大抵の苦労じゃなかったろうなあ、と想像はしつつも、

Q. 正午さん、天才小説家って実在するものなんでしょうか？

という問いには、

A. 実在すると思うよ。

と答えておきたい。

実在する天才小説家に会ったことは一度もないけどね、天才でなければ書けないと思われるほどの小説に出会ったことはちょくちょくあった（ように思う）から。そしてそういう小説を読んでしまって軽くめげたりしたことがあった（ようにも思う）から。

ただ、小説界の池田くんのようなひとが書いた小説を読んで何度も軽くめげながら、それでも僕はずっと自分でも厚かましく小説を書いてきたわけだしね、このひとには

到底追いつけない、とか、どんなに頑張っても及びもつかない、とか、どこまで本気で考えてみたのかはわからない。本気でそんなこと考えたらむなしくて小説なんか書けないだろうから。そういえば昔、うろ覚えだけど、先輩の同業者がどこかで、小説を書き続けていくにはある種の鈍感さ、だったか、鈍臭さが必須だと述べていて、そういうものかな？　とそのときは腑《ふ》に落ちなかった。でもいまになって、というか、いまふっと、それってつまり僕のことじゃないか？　と思い当たったりもする。

ま、それはそれでまた別の話になるからアレだけど、一つ確かなのは、別に天才じゃなくても小説は書けるってことだよ。ハトゲキの（映画のほうの）津田伸一みたいに「天才小説家」と喧伝《けんでん》されなくても、目立たないところで鈍臭く頑張っている小説家はいくらでもいると思う。天才編集者はどうなんだ？　ってオオキくん心配してるみたいだけど、たぶん編集者もおんなじじゃない？

件名：考察

252
オオキ
2021/04/15
01:15

今月に入ってスマホでちびちび読みすすめている電子本があります。

学生の頃から読みたいと思っていた作品で、まれに古書店で見かけても軒並みプレミアム価格になってて我慢してました。それが、最近出た『色川武大・阿佐田哲也電子全集22』(小学館)に収録されていると知り、知ったからには「購入」以外の選択肢はありませんでした。正午さんは読んだことあるんでしょうか。

その作品から引用します。

私にいわしむれば、ギャンブルも、碁将棋と同じように、三つ四つの頃から天才教育をすべきである。むろん、誰も彼もというわけにはいかないが、その世界で生きた方がいい稀有の例も、居るかもしれない。

但し、それはすくなくとも二代三代と交配を重ねて後の話である。

(『阿佐田哲也の競輪教科書《バイブル》』より)

ここを読んでて、はっとしたんです。

競輪の話じゃありません。「生まれつきの才能って何だ?」の話です。「ひとがこの世に生を享ける、ただそれだけで約束された才能なんてあるのか」あるわけねーだろ、という正午さんのこころの声まで聞こえてきたんですが、いや事実オオキもいちおう先月のメールを書き出す前に、辞書アプリで「天才」をたしかめて「生れつき備わったすぐれた才能」（『広辞苑（第七版）』より）の語釈に首をかしげ、そのままメールを書いて送ったら正午さんからツッコミが飛んできましたけど、要は「生まれつきの才能」って、言葉だけがあって実体のないものだとぼんやり思っていたんです。

ところが先に引用した箇所、特に「二代三代と交配を重ねて」あたりを読んで、書いてる人も書いてる人ですし、この認識がゆらぎはじめました。

ここから、なんだかつまらない内容になりそうなんで、誤解のないよう先に断りを並べておきます。

「ひとが後天的に、時間をかけて学んで、身につける言葉、その言葉をやがて駆使して書くのが小説でしょう」「別に天才じゃなくても小説は書ける」正午さんが書かれたこれらの言葉に、オオキは１００％賛同しています。編集者として、「生まれつきの才能」云々《うんぬん》で書き手や作品を判断するつもりもありません。本人の努力や工夫しだいで、誰でもきっと名作を生み出せるはずだ！　そのあたりを強調した上で……、
正午さん、もし「生まれつきの才能」なるものがあるとすれば、それは「遺伝的な資質」を指すんじゃないですかね？

もちろんそれは「ただのほほんと成長して年を取るだけで花開く」わけではないよ

うです。『日本人の9割が知らない遺伝の真実』（安藤寿康／SB新書）によれば、「何もしなくても才能が発現すると考えてしまう」のは、「才能が遺伝することに関する大きな誤解の1つ」だそうです。はい、参考になりそうな本を急いで手に入れて、著者に失礼を承知でダッシュで読みました。ダッシュで読んだぶん、凡庸なオオキでは消化しきれていない内容もあるんですが、ともかく「生まれつきの才能」があることを前提に書かれた本です。『5』に登場した『偉大な記憶力の物語』（A・R・ルリヤ、天野清訳／岩波現代文庫）では、「シィーの記憶力の遺伝的本性について述べることができる十分信頼できる資料は、われわれの手元にはない」としながらも、彼の両親や姪《めい》にもすぐれた記憶力があった、といった記述も見つけました。それから、中国では生まれてきた赤ん坊の才能を遺伝子検査で見極めて、その後の教育に活用するのが大ブーム、みたいなニュースもネット上で見つけました。検査の信ぴょう性については意見が分かれていますが、そうした研究がすすんでいるのは確かなようです。

今回はここまでオオキなりの考察をまとめましたが、書きながらコレ面白いんかなと思っている部分が正直（いつも以上に）あります。正午さんは書き仕事をしている最中、そういう思いにとらわれることはありますか？

最後に業務連絡。映画化を謳《うた》う全面オビを巻いたハトゲキの増刷見本を、きょう宅配便でお送りしました。明後日には届くはずです。

253
佐藤
2021/04/23
11:53

件名：Re：考察

阿佐田哲也がその『阿佐田哲也の競輪教科書』という本の中で書いていること、

私にいわしむれば、ギャンブルも、碁将棋と同じように、三つ四つの頃から天才教育をすべきである。


という驚きの主張。

いきなりそんなこと言われてもさ、…………とこっちは面食らうしかない。「私にいわしむれば」って、前段の誰かの意見をふまえたうえで持論を述べているのかな？　にしても、いったいここで阿佐田哲也は何の話をしようとしてるの？

オオキくん、これ、引用の仕方、不親切すぎないか。

あるていど年齢のいった競輪ファンにとって、阿佐田哲也がイチモク置く存在、また憧れの存在だってことは承知してるけど、僕は承知してるけど、でも競輪なんかやらないし阿佐田哲也の名前も聞いたことないってひとたちには、このいきなりの一文はどうなんだろう。いきなりにもほどがあるんじゃないか。

もう少し前のほうから引用して、文章の流れを説明しておかないと、このままじゃ阿佐田哲也がなんか「おかしな人」になっちゃわないか。だって三つ四つの子供に競輪やらせてどうするんだよ。天才教育でギャンブラー育成してどうするの。

それともこれが書き出しの一文か？ 書き出しでいっぱつぶちかまして、読者の度肝を抜いといて、それから徐々に独自のギャンブル論を展開していって、あーなるほど、納得、そういうことかって最終的に読者を感心させる文章になってるのか。それならそれでやっぱり補足説明したほうがよくないか。

あとこの一文に続く、引用の後半部分はもう、意味すらわからない。ていうか触れていいのかどうかすらわからないわ、僕には。競輪について書かれた本の中に交配って言葉が出てくるところが僕の理解を軽く超えてるわ。いったい競輪と何のつながりがあるんだろう。な？ いまふと思ったけど、まさかこれ小説なのか？ マッドサイエンティストが語り手の。マッドサイエンティストが演説をぶってるのか、小説の冒頭で？ そのまえにマッドサイエンティストって、この言葉合ってるか？ 初めて使ってみたけど。

まあその件は次回、オオキくんの返事待ちということでひとまず措《お》いといて、で？

僕の理解の追いつかないその阿佐田哲也の難解な文章を、オオキくんは「読んでて、はっとしたんです」ってことなんだね。それをきっかけに「生まれつきの才能」って言葉にたいする「認識がゆらぎはじめ」て、あげく、

Q．正午さん、もし「生まれつきの才能」なるものがあるとすれば、それは「遺伝的な資質」を指すんじゃないですかね？

と問いかけているわけだ。

でもさ、この問いかけはいちおう文末にクエスチョンマークが付いてるからそれっぽく見えるだけで、本気で僕の答えを欲しがってるわけじゃないよね？　もしこれがガチの質問だとしたら、オオキくんは質問する相手をまちがえてる。僕は遺伝子とかそっち方面の専門家じゃないんだしさ、そっち方面に造詣の深い小説家でもないし、あと「なんでも相談室」の回答者でもない。

オオキくんは自分で答えを見つけてるわけでしょう。「ダッシュで読んだ」新書の中にそれっぽいことが書いてあるわけでしょう。だったら門外漢の僕が背伸びして答

えるまでもないんじゃないか。だいたい65にもなって背伸びとか、知ったかぶりとかしてる場合じゃないし。ひとの才能は遺伝子によって次世代へ受け継がれるわけか、そうか、天才の子は天才を発揮する遺伝子を持って生まれてくるのか、じゃあ天才の親はどうだったんだ、そのまた親は？　ご先祖さまは？　とか聞き返したいとも思わない。そこまで遺伝子に興味はない。この質問はスルーだ。ただ、本を「ダッシュで」読むって、なかなか僕には思いつけない表現で、どんな読み方かも僕は知らないけどでもなんとなくニュアンスは伝わって使い勝手もよさそうだから、チャンスがあったらどっかで使ってみたい気はする。

☞

さてそうなると、残った質問がもうひとつ。

それに回答して今回はおしまいにしたいと思う。

けどその前に、こないだ、オオキくん連絡くれたでしょう、スマホに。風邪ひいて体調悪いから今月の質問メールは少し遅れそうですってメッセージに書いてきたでしょう。あれをね、読んだときにはなんともなかったんだよ。ところがさ、その日の晩からこっちも風邪のひきかけみたいな症状が出て、実をいうといまも体調いまいちでこれを書いてる。仕事する前にユンケル飲んで、値段の高めのやつ、てのひらで頬《ほお》ビンタして気合い入れて書いてる。頬ビンタはもののたとえだけど。

　何が言いたいかっていうと、なんかね、風邪が移ったような気がするんだよ、あのメッセージを読んだことで。スマホのメッセージに感染力があるってことじゃなくて、もちろん、そんなことがあるはずもなくて、でも結果的にそうなった、メッセージに書かれた言葉が風邪の症状を僕のもとへ運んできたような気がする。

　体調がどうとか、熱がどうとか、鼻水とくしゃみが止まらないとか、悪寒がするとか、そういった文面を読むでしょう。けっこう具体的に書いてあったしね。そしたら想像するでしょう。想像は頭でしてるはずなんだけど、読み返すうちに身体が、言葉の喚起するイメージに支配されて、気づいたら、現実の風邪の状態まで持って行かれてる、みたいなことが起きたんじゃないか。オオキくんの送ってきたメッセージの、文章表現が僕の想像力を刺激したのか、それとも僕の風邪に対する人一倍の警戒心が想像をあおったのか、はたまた僕が担当編集者の身を大事に思い、我が事のように心配していて、苦しみを分かち合いたいという心情に身体が反応してしまったのか、そのへんは詳しくはわからない。

　もっと単純に、小説を読んでいて登場人物がビールを飲み出したら自分もビールを飲みたくなるとか、作中にラーメンが出てきたらラーメン食べたくなるとか、そういう反応に過ぎないのかもしれない。でも何にしろ、オオキくんの風邪が、スマホのメッセージを媒介して、僕に感染した可能性は否定できないんだ。さっきの親から子への血筋の遺伝の話よりもよほど、このスマホによるひとからひとへの伝染のほうが僕には真実味があるんだ。風邪はひとに移せば治るとか俗に言うけど、あの日メッセージを送信して以降、オオキくんの風邪の症状は多少ともやわらいだんじゃないか？

というわけでね、僕が言っておきたいのは、自分が風邪をひいたことを文章で誰かに伝えるときには、くれぐれも用心したほうがいい。たぶん文章表現が豊かであればあるほど相手に感染させる怖《おそ》れがあるから、正確に伝えたい気持ちはわかるけど、知ってる言葉で症状を並べたい気持ちもまあわかるけど、そこは表現欲求をおさえて、できれば風邪という単語も伏せて、メールが遅れることを伝えたいならシンプルに、

すみません今月はこっちの都合で遅れます。


くらいにしといたほうが無難じゃないか。

そいでオオキくんは自分の風邪を治すことに専念する。僕は僕で地道に「じわりじわりと這うように」小説を書き進める。それでよかったんじゃないか？　よかったはずなのに、オオキくんがまるで風邪の症状一覧表みたいな弁解を書いてきたせいで、僕はいまほんとに具合が悪いんだ。ユンケル飲んで頬ビンタしないと、ちょっとでも

気を緩めると、寝込んでしまいそうなくらいに。

Q．正午さんは書き仕事をしている最中、そういう思いにとらわれることはありますか？

でこれが残った質問だね。これはつまり、自分で文章を「書きながらコレ面白いんかな」という「思いにとらわれること」があるかという意味の質問だね？

A．それはないよ。小説なら小説を書いている最中に「書きながらコレ面白いんかな」と疑問を持つことはない。ほぼほぼない。細かい表現レベルでなら、これどうかな？と迷って書く手を止めることはあっても、いま書いているものがつまらないんじゃないかとか疑うことはない。書いている最中にはない。

ただ、いったん仕事場を離れてしまうと、ときどきある。ほかのことをやっているときに、たとえば散歩の途中とか、手洗い中とか歯磨き中とか、爪切ってるときとかテレビでクイズ番組を見てるときとか、ふとしたはずみに急に、アレ面白いんかなと心配になることはある。毎日書いているアレ、あの小説、どこが面白いんだ、どこも面白くないんじゃないか？毎日毎日つまらないものを書き続けてるんじゃないか、とんでもない勘違いをして時間を浪費しているんじゃないかと不安に襲われることはある。恐怖を感じてぞわぞわ鳥肌が立つこともある。脂汗もかいたりする。

でも一晩寝て、仕事場に戻って、パソコン起こしてワード画面の原稿と向き合うといつもの自分に戻れる。昨日書いたとこを読み返しているうちに、やっぱりこれは面白いと確信する、わけじゃないけど、必ずしもそうではないんだけど、それでも前日に仕事場以外の場所で感じた不安は忘れられる。理由はわからない。忘れっぽいのかもしれない。その忘れっぽいところも前回ちらっと触れた「鈍臭さ」と一緒で、天才ではないひとが小説を書き続けていく秘訣《ひけつ》なのかもしれない。

それか、もっと前に、書きものに集中することを「潜る」という言葉に言い換えたことがあったでしょう、他人の比喩《ひゆ》を借りて（✉235）。そっちで説明すると、小説を書くことは一定時間水に入って作業することだから、つまり仕事場は「水中」で、そこを離れると「陸《おか》」だから、それぞれ見える景色が違うのかもしれない。潜水中は鮮やかに見えていたはずの物のかたちや色彩が、陸にあがると、しらけて思い出されるのかもしれない。水面から中をうかがってもぼんやりゆがんだ影としか見えず、それが不安をもたらすのかもしれない。でも翌日また水中に潜ると、昨日と同じ魚が泳いでいてそれを見ることで不安を忘れられるのかもしれない。少なくとも潜っている最中には。そういう理由で僕は、あるいは僕にかぎらず小説を書くひとは、「書きながらコレ面白いんかな」と疑問を持つことはないのかもしれない。書いていないときは別として。

以上。

文末が「かもしれない」ばかりで自分でも頼りないんだけど、今月はなにしろこっちの都合でダッシュの回答になりました。

254
オオキ
2021/05/11
23:50

件名：ミソギ

車券がまったく当たりません。

京王閣ダービーはおろか、今月に入って函館・大垣・小倉・佐世保あたりのミッドナイト競輪で5車立てのレースにまで手を出し、負けつづけ、ネットの投票明細には連日、目を疑いたくなる数字が並んでいます。きっとバチがあたったんでしょう、「ギャンブルの神様」とか「雀聖」と呼ばれる阿佐田哲也さんの文章を、読むひとに誤解されるようなかたちで引用していたこのオオキに。

「マッドサイエンティスト」なんていう言葉を持ち出した正午さんに、それが伝染していなければいいんですけど、調子はいかがでしょうか？　そう仕向けたのはオオキくんだ、オオキくんの不親切な引用のせいで僕の車券もここんとこぜんぜん当たらない、どうしてくれるんだ！　なんて言われる前に、先月『阿佐田哲也の競輪教科書《バイブル》』から引用した部分について、とっとと補足説明します。

まず、この作品は小説ではありません。「I　旧約ギャンブル聖典」と「II　新約ギャンブル聖典」、大きくふたつの章からなるエッセイ集です。その「I　旧約ギャンブル聖典」の冒頭に、「その一　はじめに天地ありき」と題された一編があります。文章の流れはこんな感じです。

某日、阿佐田哲也さんのご自宅に17歳の青年が訪ねてきます。高知から上京してきた彼は「ギャンブルで身を立てたい」「競輪評論家になりたい」「掃除、洗濯、なんでもします」といった言葉を並べて、なんとか内弟子にしてもらおうと懇願します。阿佐田哲也さんは「家に居るのなら、ギャンブルは禁止だよ」「見に行きなさい。但し、金は持たせない」と釘をさします。そして解せない表情の彼にこう説くのです。「まず、見《ケン》が第一歩。見はギャンブルの予備運動」。

このような流れのあとに先月オオキが引用した箇所が来ます。前後を含めて、少々長くなりますが、しっかりと姿勢を正したうえで、あらためて引用します。

これが、プリ夫と私の初対面だった。家出がギャンブルと利《き》かん気を背負ってきたのだから、抱えこむ方は難儀である。まだ坊やだとはいうが、私にいわせれば十歳を越したらもう骨が硬くなって、なかなか矯正がむずかしい。

私にいわしむれば、ギャンブルも、碁将棋と同じように、三つ四つの頃から天才教育をすべきである。むろん、誰も彼もというわけにはいかないが、その世界で生きた方がいい稀有の例も、居るかもしれない。

但し、それはすくなくとも二代三代と交配を重ねて後の話である。今はもう生まれちまって、十七にもなっているのではいけない。

（『阿佐田哲也の競輪教科書』より）

（正午さん、これでだいじょうぶでしょうか？　バチあたりな編集者のミソギになっていますかね？　で、オオキが買った車券はいつになったら当たるんでしょう）

ちなみに。プリ夫と呼ばれる青年はまんまと居候の身となり、「Ⅰ　旧約ギャンブル聖典」では、師匠が語る車券戦術の聞き手として（時にはツッコミ役として）、重要な役割を担っています。まず読み物としてこれがほんとうにおもしろくって、それから、取り上げられているのは87年から88年にかけてのレース（いまはなきB級戦からグランプリまで）なんですが、予想や買い方の構えが具体的に書かれていて読み応えがありました。たいへん貴重な『阿佐田哲也の競輪教科書』が収録された『色川武大・阿佐田哲也電子全集22』は、小学館から好評発売中です。電子本なので正午さんに献本できないのが残念です。けどおすすめです。

ところで。正午さんはこれまで「阿佐田哲也」の実名を盛り込んだ短編小説を書かれていますね。オオキの記憶では、「夢枕」（『正午派』所収）と「遠くへ」（『きみは誤解している』所収）がそうです。「夢枕」は主人公が見た夢にそれらしき人物が現れる設定で、「遠くへ」では川野さんという女性が競輪場のスタンドでやはりそれらしき人物に遭遇しています。ですから、正確には「登場人物＝阿佐田哲也」とはいえないのかもしれません。ただ、もし「阿佐田哲也」という実名を使っていなければ、どちらの作品もちがった感触になっていただろうとも思います。

作家がみずからの作中に、実在するほかの作家の名前を書き出し、名前ばかりではなくまるで登場人物のように操って小説に昇華する――コレ、（伝記小説とかではない限り）よくあることではありませんよね？　ほかの作家が書いた小説のなかに、「佐藤正午」が佐世保の街を散歩していたり、競輪場のスタンドでタバコ吸ってたりする場面があったら、おもしろいかどうかはさておき、びっくりしますよね？

オオキの記憶が確かなら、正午さんがそんなふうに作家の実名を作中に盛り込んだのは右の二編だけです。正午さん、どうして「阿佐田哲也」だけは、佐藤正午作品の登場人物になり得たんでしょうか？

255
佐藤
2021/05/21
12:03

件名：先生

たいへん貴重な『阿佐田哲也の競輪教科書』が収録された『色川武大・阿佐田哲也電子全集22』は、小学館から好評発売中です。電子本なので正午さんに献本できないのが残念です。けどおすすめです。

と（まで）オオキくんが書いてきたので、「電子本なので正午さんに献本できないのが残念」という理屈はいまいち納得できないんだけれども、電子本なら電子本なりの献本（の形式みたいなもの）があるんじゃないかとも思うんだけれども、まあそう言うんなら仕方ない、おすすめに従って読んでみることにした。

もう何年前だったかオオキくんにおすすめされたパトリックのスニーカー、あれはいまも散歩のとき履いてるし、ちょっと前にすすめられたテンピュールの枕も使ってみている。だいたい担当編集者がすすめてくれるものは素直に試すことにしている。担当作家のためを思っておすすめしてくれるんだろうから。そういえば以前イナガキさんに佐世保競輪場のスタンドですすめられたブラウンのシェーバーもときどき使っている。僕が髭《ひげ》を剃《そ》るのは一週間に一回とか十日に一回とかそのくらいだから、ときどきね。

パトリックとかテンピュールとかブラウンとか企業名がうるさいかもしれないけど、阿佐田哲也の電子本が小学館から出てるというのがちょっと気になってね、小学館で働いている編集者とそこから依頼を受けて仕事をしている作家が、小学館から「好評発売中」の本をここで話題にするというのは、気にしすぎかもしれないけどほらYouTubeで「案件動画」っていうのがあるでしょう、企業とタイアップのやつ、あれっぽくならないかと思ったんで、そうじゃなくてたまたまなんだということを強調するために、小学館に偏らないように他の企業名も平等に書いておいた。

で、これも確かオオキくんにすすめられて使うようになったアップルのスマホで、スマホ専用の読書アプリでダウンロードしてゆうべ『阿佐田哲也の競輪教科書』を読み出したところだ。ゆうべ読み出したばかりだからまだ途中で、読み終わったら感想を述べるつもりの見切り発車で今朝これを書き出した。

じゃあ読み終わってから書き出せよって話なんだろうけど、〆切《しめきり》の都合があるからね。そろそろ書き出さないと間に合わない。これから毎日電子本を少しずつ読みながら、スマホでの読書は高齢者の目にはつらいものがあるから少しずつだよ、同時に毎日このメールを書き進めていく。書き進めているあいだに電子本を読み終わるかはわからない。読み終わらなければ、この本に触れるのは今回はナシになる。じゃあどうするの？　どうしよう。この本の話題に触れるか触れないか、そこがはっきりしなければ、これから書くものがどんな内容になるか見通しが立たない。とりあえず今夜また読んでみる。そして明日また仕事場の椅子にすわってから考える。

——翌日

とりあえずオオキくんのメールの最後にある質問に目をむけてみよう。

Q．正午さん、どうして「阿佐田哲也」だけは、佐藤正午作品の登場人物になり得たんでしょうか？

A．さあどうしてだろう、よくわからない。イテッ……

と答えていま顔をしかめたのは、腰が痛むからだ。先月は風邪だったが、今月は腰痛が出ている。毎月、というより毎日、どこかしら身体の調子が悪い。風邪が治れば痔《じ》が出て、痔がおさまれば目がかすみ、目をいたわれば腰が痛くなる。ひとつ症状が消えると、ひとつ症状が出る。一病息災とはこのことか。こうやって毎日養生しながら僕は長生きすることになるのか。

さあどうしてだろう、よくわからないと答えたのは、ほんとによく憶えていないからで、だってその「阿佐田哲也」らしき人物が登場する「遠くへ」という短編小説を書いたのは調べてみたら一九九五年、いまから二十六年前のことだ。そんなに昔のこと、たとえ自分のことでもいちいち憶えていられるはずがない。

ただ、二十六年前の、ぎりぎり三十代だった自分が書いた小説を読み返して、こっちは紙の本でぱらぱらページをめくって記憶を確認する程度に読み返して、いま振り返ればそれはこうだったんじゃないだろうか、こんなふうに考えられるんじゃないだろうか？　と答えるのは可能のような気もする。けどまあ、それも明日また仕事場の椅子にすわってからの気分次第ということで。今日はなにしろ腰が痛くて仕事にならない。

——数日後

電子本はまだ読み終えていない。腰もまだ痛い。腰の右側に集中していた痛みがやわらいで、消えるかと思ったら日に日に左へ移動して、こんどは腰の左端が痛い。YouTubeで腰痛に効く体操の動画を見て試してみたが効かない。か、もしくは効いたからこの程度ですんでいるのか。どっちにしても完治はしない。完治したらしたでどうせまた次にどこか痛み始めるんだろうから、別に急いで治す意欲もわかない。

いまになって思うんだけど、僕は阿佐田哲也に会いたかったんじゃないだろうか？　例の短編「遠くへ」の話。会いたくてももう阿佐田哲也は死んでいて会えないから、小説の中で会いに行ったんじゃないだろうか。そんなことを考えてみた。相手が死んでしまってもう絶対に会えないということ。その事実が、会いたい思いをつのらせることはあるだろう。相手が生きているときには明確に気づいていなかった思いを。

作家に限って話をすれば、僕はどうしてもこのひとに会いたいと思ったことは過去一度もない。一人もいない。たとえば高校時代に吉行淳之介の小説やエッセイを愛読していたんだけど、本人と直接会って話を聞いてみたいと思ったことはなかった。サイン会や講演会に出かけて顔が見たいとか、声が聞きたいとかもなかった。またたとえば大学に入ってから同郷の野呂邦暢という作家を知って、勉強そっちのけで読みふけってファンレターを書いたこともあるくらいなんだけど、それでも彼に会いに行こうとは考えなかった。佐世保から野呂邦暢の住んでいた諫早まで車で一時間半もかからないんだよ。だからその気になればいつでも（むこうは迷惑でも）会いに行けたはずなのに、そういう発想がなかった。そしてそれは作家が亡くなったあとも変わらなかった。生きているうちに会っておけばよかったと後悔した記憶もない。新作はもう読めないんだな、と残念に感じただけで。

じゃあなんで阿佐田哲也には会いたかったんだろう？

僕は阿佐田哲也の書いたものを、吉行淳之介や野呂邦暢のものほど数多く読んでいるわけではないんだ。オオキくんのように、読み逃しの作品を探し求めるほど熱心な読者ではない。ただ競輪を題材にした本はのめりこむようにして読んだ、ような気がする。別に著者は阿佐田哲也でなくてもよかったんだけれども、競輪を題材にした本をのめりこむようにして読んでみると、それを書いたのは阿佐田哲也だった、そういう順番だったような気がする。競輪を覚えたての僕は競輪の本が読みたいんだが、結局、阿佐田哲也しかいないんだ、読むに値する競輪の本を書く作家は。いや、それだと語弊があるか。自分にも跳ね返ってくるか。正しくはこうだ。競輪を覚えたての頃に、僕が出会った読みごたえのある本の著者は、阿佐田哲也しかいなかったんだ。

で僕はなぜ阿佐田哲也に会いたかったのか？

結論から言うと、作家としての阿佐田哲也に会いたかったわけじゃないと思う。競輪の先生としての阿佐田哲也に僕は会いたかったのだろう。会って教えを請いたかったのだろうと思う。今回読み返した「遠くへ」には、主人公のこんな台詞《せりふ》がある。

「でも」と彼女は言った。「あたしはあたしが喋ってることが本当なのかどうかよくわからないの。本命や穴や、何通りも車券を買いあさるのが性に合わないのは事実なんだけど、あたしはまだ競輪の初心者だし、どこまで自分が正しいことを考えてるのかわからない。だいいち、今日あたしが買った車券は全部はずれてるのよ」

（小学館文庫　P68）

またこんな一節がある。

だが一緒にレースを見ても老人は彼女に何も教えてはくれなかった。競輪について、先輩めいた口は一切きかなかった。ふたりの会話はいつも彼女が中心になって喋り（初心者ながらも自分で見て、考えたことを喋り）、それを老人がうなずきながら、時折うたた寝をはさみながら、聞き役に徹するという具合に進められた。（同　P70）

そして小説の後半、競輪場で、大金を賭けることに迷って意見を求める彼女に、老人はこう忠告する。

あんたは筋がいいからこの先もどんどん上達していくだろう、でもあんたはいつも独りぼっちだ、勝っても負けても独りぼっちだ、誰にも当たったことを自慢できないし、はずれたことで誰にも愚痴をこぼせない、それがギャンブルの世界のルールだ。ここにいれば誰からもああしろこうしろと命令されることはない、誰かに気をつかって遠慮する必要もない、思い切り大胆にもなれるし人知れず臆病にだってなれる、そのかわりここで起こったことの全部を自分で背負わなきゃならない、決めるのは自分で結果をつかむのも自分だ。なあお嬢さん、決めるのはあんたなんだ、度胸よく一点張りするのも、こすからく保険をかけるのもあんた次第なんだよ、誰かに頼りたいならこんなところには来ないことだ、（略）。

（同　P76）

つまりこの彼女が僕で、老人が阿佐田哲也だ。少なくとも競輪初心者である女性の人というほど話はシンプルではないにしても、老人のほうには僕のイメージする阿佐田哲也像物像に僕の一部が反映されているし、老人のほうには僕のイメージする阿佐田哲也像が一部まぎれこんでいる。もし僕ならこう訊《たず》ねるだろう、ここでこう迷うだろう、もし阿佐田哲也ならこう答えるだろう、そんなシミュレーションを頭に置いて、この小説のある部分は書かれている。小説の中で僕が阿佐田哲也に会いに行ったというのは、だいたいそういう意味なんだ。ちなみに現実には、阿佐田哲也は、老人と呼ばれるほど長生きしたひとではなかったんだけれども。

作家はね、いろんな作家がいる。ひととの違いを押し出さないとやっていけない職業だし、それはさまざまな小説を書いてみせる作家がごまんといる。いるよね？　そのごまんといるうちのひとりが自分で、ひとりでいることがいくら心細くても、誰に教えを請うわけにもいかない。だって誰かを先生と慕って後をついていけば、そのとたん追従者ないし模倣者になって、独自性という作家としての売りを手放してしまうことになる。そういう理屈にならないか？

でも競輪の世界の理屈はちがう。車券を当てた人間が勝者で、勝者はみんな同じ車券を持っている、それが競輪だ。他人の模倣を怖れる理由はない。競輪にもし、勝つための賭け方、極意のようなものがあるとしたら、あるいは負けを少なくするための賭け方があるのなら、それを会得した人間も存在するだろう。その極意を会得した者だけが初心者の域を脱し、ときどきいい思いをしながら、競輪を長く続けていくことができる、というような。すなわち競輪の先生的人物が必ずどこかにいるだろう。競輪の先生的人物といえば誰か？　探すまでもない、阿佐田哲也だ。競輪ファンなら誰もが名前を知っている、憧れの存在、唯一無二の先生的存在、僕に言わせればそれが阿佐田哲也なんだ。同じ世界同じ時代に彼が生きているあいだに一度も会えなかったこと、じかに話を聞けなかったこと、どこかですれ違う機会すら持てなかったことを、おそらく僕は一九八九年の彼の死以降、どこかの時点で後悔したのだろう。その後悔の種が、のちに「遠くへ」という短編小説として芽吹いた、という経緯ではなかっただろうか？

いささかこじつけっぽいが僕はそんなことを考えた。

どう思う？

この答えはオオキくんにはこじつけに聞こえるか。

競輪にしろ何にしろ、僕が誰かを先生と呼んで慕ったり、敬ったりしている姿は想像しにくいか。自分でもちょっとそんな気はするんだが、ツッコミたければ好きにしてくれ。いずれにしても長くなったので今回はここで切り上げて、読みかけの『阿佐田哲也の競輪教科書』の話は次回に持ち越そう。

256
オオキ
2021/06/11
17:56

件名：遠くへ／鳩が飛び立つまで

ひとつ告白します。

オオキには、正午さんが書かれた小説のなかに、それこそ暇さえあれば読み返しているような作品とそこまで頻繁には読み返していない作品があります。

いや、あくまで相対的かつ感覚的な話ですよ、全作を均等に読んでるなんて言ったら嘘に決まってるし、どこかで線引きとかしてるわけでもありません。じゃあ頻繁に読み返していない作品は何だよ？　と訊かれても答え（られ）ません。

短編小説「遠くへ」（『きみは誤解している』所収）は、暇さえあれば読み返している、と言ってもオーバーではありません。20年くらい前に読者として初めて読んでから、先月の引用箇所を確かめるついでに再読した今日まで、感覚的にはかなり上位です。なぜか？　それは、主人公のような度胸満点の車券一点勝負に、弱気な競輪ファンであるオオキが憧れているせいもあります。ほかにも思い当たります。たとえば、車券がまったく当たらないときや大勝負を前にして不安で眠れない夜なんかに、そうだ、またアレ読んでおこう、といちから読み直す機会が多いんです。なぜか？　それは、（オオキにとってはレアな）競輪を題材とした「阿佐田哲也の言葉」を読みたいからです。正午さんが創作された言葉なんですけどね。その言葉に、時に突き放され、励まされ、戒められ、救われています。現実と物語の世界とを混同してますよね？　フィクションが現実を飛び越えている、なんて大げさなことをここで言うつもりもないんですけど、事実オオキはそんなふうに「遠くへ」と付きあっています。

ですから、「競輪の先生としての阿佐田哲也に僕は会いたかったのだろう」という正午さんの仮説は、こじつけには聞こえませんでした。妙に腑に落ちました。

ただ。先月いただいたメールの「競輪を題材にした本はのめりこむようにして読んだ、ような気がする」「競輪を覚えたての頃に、僕が出会った読みごたえのある本の著者は、阿佐田哲也しかいなかった」には、少し首をひねりました。正午さんが「競輪を覚えたての頃」っていったら、40年くらい前のことです。阿佐田哲也さんて、当時「競輪を題材にした本」をそんなに出していたんだっけ？　とググった結果は省きますけど、ここだけは、こじつけのように読めました。まあ、ずいぶん昔のことですし、文末も「～ような気がする」なんで、たぶん「本」にはなっていない原稿、スポーツ紙での予想（阿佐田さんが当時そういう連載をされていたのかわかりませんが）とかを、正午さんはのめりこむようにして読まれていたんだと思います。

まずお詫びします。正午さんに「電子本なら電子本なりの献本（の形式みたいなもの）があるんじゃないか」と言われて初めて気づいたんですが、「購入」ボタンの上にリボンのついた小さなアイコンがありました。正午さんのメールアドレス宛に「ギフトを贈る」ことができたようです。申し訳ございません。

『阿佐田哲也の競輪教科書』が収録された『色川武大・阿佐田哲也電子全集22』（小学館刊）をご購入いただいたそうで、ありがとうございました。

さて正午さん。『阿佐田哲也の競輪教科書』はもう読み終わったのでしょうか？腰が痛くてそれどころじゃありませんか？

もし読み終わっていなければ、この本の話題はまた「次回に持ち越そう」という流れになる可能性もあるので、最後にまったく別の話題から質問です。

たとえばですよ、たとえばですからね、正午さんが小説の編集者（40代後半）だったとします。で、担当した作品を原作に映画が制作され、公開まで2か月あまりとなったころ、映画会社から正午さんに依頼が届きます。原作小説が誕生する前から映画化までの話を劇場用パンフレットに寄稿してもらえないか、というのです。そういうのは編集者ではなくまず作家（原作者）に頼むのがスジじゃないかと思いますよね？ ええ、オオキも思います。でもすでに、勤勉な作家は試写した映画にシビれるようなコメントを寄せていたんです。それで正午さんに白羽の矢が立った、というわけです。どうします？ どうするもこうするも、コレぜったい断れませんよね？ ユーツですよね？ え、原稿料？ そんなもんはありませんよ。さて正午さんはどんな文章のトーンでこの原稿を書きますか？ ですます調ですか？ 一人称は、僕、でいけそうですか？ こう書いたら面白いんじゃないのみたいなアイデアはありますか？ ちなみに、映画会社から提案されてる仮タイトルは「鳩が飛び立つまで」、という設定です。

257
佐藤
2021/06/24
12:13

件名：記憶ちがい

電子本『阿佐田哲也の競輪教科書』は読み終わった。読み終わって、というか読んでいて思ったのは（やっぱり）スマホでの読書は高齢者の目にはつらいな、というこい）ピントがずれていたな――阿佐田哲也が書いている文章のピントが、ではなくて、その文章を抜いてきたオオキくんの引用のピントがずれていたな――ということで、そりゃ「ギャンブルの神様」と呼ばれる作家の書いたものを「読むひとに誤解されるような」引用なんかした日には（きっと）バチだってあたるだろう、本物のギャンブルの神様のぶんとダブルで天罰が下るだろう、車券は外れっぱなしで当然だろうと納得したんだけど、その話をし出せば、ここでピントのずれた引用文を再度引用して解説を加えることになり、僕の身も危ういかもしれない。

この本に触れるとしたら、前回（バチがあたったあとで）オオキくんがミ、ソ、ギ、として書いてきたように「まず読み物としてこれがほんとうにおもしろくって、それから」「予想や買い方の構えが具体的に書かれていて読み応えがありました」と素直に紹介すべきだろう、僕の感想もおなじだよ。この『阿佐田哲也の競輪教科書』は面白いし、読みごたえがある。競輪をやったことあるひとが読めばみんなそう言うだろう。あと、競輪を毎日のようにやって、連戦連勝で「本なんか読んでるヒマねーよ」ってひとはまあ別として、真逆のひと、「あーもー競輪当たらん、ほんと当たらん、毎日毎日、負け続けて金がいくらあっても追いつかん！」ってヤケになっているひとなら、これを読んで、そんなにガムシャラに金をつぎこむばかりが競輪じゃない、いっぺん頭を冷やしてもっとどっしり腰をすえて競輪とつきあう遊び方もあると、阿佐田先生に教えられるかもしれない。この本の中では一貫して、ギャンブルをやるときの運気の見きわめとか、そのための「見《ケン》」の重要性とかが説かれているからね。そういう意味では題名に偽りなしの、読んで勉強になる本でもある。

だからこれは（オオキくんのバチあたりな引用のせいで）僕が誤解したようなギャンブラー育成目的の本ではないし、ましてマッドサイエンティストを主人公にした小説なんかでもない。僕に言わせれば、オオキくんが引用したのはこの本にとってのどうでもいい部分、なんならなくても成立する部分なんだね。枝葉末節。心臓部から遠い、手足の、指先の、伸びた爪みたいなものだ、本を人体に喩えれば。その伸びた爪を切ってわざわざひとに見せる、それがつまりピントのずれた引用ということだ。あ、でも、そんなこと言ったら阿佐田哲也の書いた本は爪が伸びてて身だしなみが悪いってことになるか？　するとこの喩えもピントがずれてるか。やっぱり僕の身も危ういか。

電子本『阿佐田哲也の競輪教科書』を読み終わっての感想はほかにもある。

いちばん思ったのは、記憶のあやふやさということ。ひとの記憶のあやふやさ、という話ではなくてあくまで僕個人の、記憶のあやふやさ、いい加減さということだけど。

この電子本のもとになっている紙の単行本『阿佐田哲也の競輪教科書』が出版されたのは一九八九年なんだね。

阿佐田哲也の年譜を見ると、一九八九年というのは彼が六十歳で亡くなった年だ。で、これを佐藤正午の年譜に重ねると、一九八九年、僕は三十四歳だった。小説家としてデビューしてもう五年以上経っていたことになる。何が言いたいかというと、じつは僕、阿佐田哲也をもっとずっと年上のひとだと思っていた。オオキくんに薦められて『阿佐田哲也の競輪教科書』読み出したときにも、この本はかなり昔の、僕が生まれた頃にでも出版された本だろうと（なぜだか）思い込んでいた。いい加減にもほどがあるよね。

ところが読んでいる途中、一ヶ所引っかかった記述があって、それは一九八八年、青森で開催された全日本選抜競輪の旅打ちのエピソードの中にさらっと出てくるんだけど（僕のスマホでは671ページ）、思わぬ高配当車券を的中させた競輪仲間のことを、阿佐田哲也はこんなふうに書き残している。

拙著『競輪痛快丸かじり』でも助力して貰った川上信定さんが顔を紅潮させて

いる。

この一文を見たとき、第一に『競輪痛快丸かじり』という本のタイトルに僕は見覚えがあると思った。それから「川上信定さん」という人名にも。川上信定という作家の名前は前から知ってはいるけど、ただ名前を知っているだけじゃなくて、このひととは過去にどこかですれちがって親しく言葉を交わしたことがある、そんな懐かしさをおぼえた。

それでそのときはブックマーク（というのかな？　紙の本ならページの角を折って目印にするところだけど）を入れておいて、あとでアマゾンで探してみたら『競輪痛快丸かじり』は一九八六年、いまから三十五年前に徳間書店から刊行された本だとわかった。アップされている書影を拡大して見ると、表紙に「阿佐田哲也・編著」と記されている。

ということはつまり、想像するに、これは単著ではなく複数の書き手の競輪に関する文章を集めて、阿佐田哲也が編集し、また自らも文章を寄せている本であり、その本を作るにあたって「川上信定さん」に「助力して貰った」のだろう。

でね、そんなことを考えながら『競輪痛快丸かじり』の表紙のイラストを、これもなんか見覚えがあるな……と眺めているうち、ふっと思い出した。想像するにも何も、事実これはそういう本だったんじゃないか！　という思い出が急によみがえった。それは僕が遠い昔、この本を持っていた、一般読者として買って読んでいたというのではなくてね、そういえば書き手のひとりとして僕はこの本に参加したんじゃなかったか？　という（半分くらい疑問形の）思い出だった。

そのときに確か電話で、原稿依頼というか「佐藤さんも何か書いてみませんか？」的な打診をしてくれたのが川上信定さんではなかったか？　僕は小説家としてデビューしたての新人で、競輪歴も浅かったから、この仕事はちょっと荷が重いなと感じつつも、物書きの先輩からのじきじきの電話に恐縮して、勧められるまま原稿を書くことになった……のではなかったか？

もちろんこれは僕ひとりの自分勝手な思い出だし、しかも三十五年も前の、半分くらい疑問形でよみがえった思い出だし、どこまで正しいのかは自分でも判定できない。川上信定さんに訊ねればまた別の事実が出てくるかもしれないのだが、すでに故人なので確かめようもない。だいたい原稿依頼なら出版社から連絡が来るのが普通で、それが同業の先輩からの電話でなされるというのはイレギュラーすぎる気もする。だから僕の記憶ちがいの可能性もある。本の出版に関わる話だし、めったなことは言えない。この件について、これはこうだったんだと断言はしない。

ただ、そうは言いながらも、川上信定さんからうちに電話がかかって、たった一度だったと思うが、言葉をかわした記憶はおぼろげながらある。そしてその会話の中で、川上さんの書かれた競輪のエッセイに触れた記憶もある。

僕はこんな話をしたと思う。

あなたにとってギャンブルとは何ですか？　とインタビューアーから質問をうけて、

「それはゆで卵につける塩だ」

とヘミングウェイは答えた。

その話を僕はヘミングウェイの全集でもインタビュー集でもなくて、他ならぬ『プロスポーツ』の「プロスポさろん」で読んだ。もう二十年近く前のことになるが、いまだに憶えている。筆者は川上信定だった。

当時の僕は競輪のことはまだ何も知らなかった。知っているのは中野浩一の名前と、それから阿佐田哲也の作品くらいだったんじゃないかと思う。ただ『プロスポーツ』は父が毎週購読していたので、その気になればいつでも読むことはできた。たぶん「プロスポさろん」だけ、ときおり拾い読みしていたのだろう。それから二十年近い時が流れて後に、まさか僕自身がそれを書くことになるとは夢にも思わずに。

右に引用したのは、『プロスポーツ』という競輪専門紙の「プロスポさろん」と題された連載の頁に、一九九七年から九八年にかけて僕が書いていたエッセイの、最終回の冒頭部分。

昨日一日かけて、『競輪痛快丸かじり』という本を自宅の本棚、実家の本棚、本棚以外にも本の置いてある場所をくまなく（痛む腰をさすりながら）捜索したあげく、結局発見できず、かわりに『正午派』に収録されているこの文章にたどり着いた。困ったときの『正午派』頼み。

これと僕の（不確かな）記憶とを突き合わせて、時系列を整理するとこうなる。

1．一九七〇年代（のたぶん後半に）川上信定さんが「プロスポさろん」に競輪エッセイを連載する。
←
2．それを二十代前半の僕が読む。
←
3．やがて競輪に手を染める。かたわら小説を書く。
←

4. 二十代後半で小説家としてデビューする。

←

5. 三十歳の頃、『競輪痛快丸かじり』への寄稿を依頼される。記憶では、そのとき川上信定さんから電話がかかり、会話の中で、僕が川上さんの競輪エッセイの読者であったことに触れる。

←

6. 四十歳を過ぎた頃、こんどは僕が「プロスポさろん」に競輪エッセイを連載する。その最終回の冒頭、川上信定さんが昔書かれていた競輪エッセイの思い出を書く。

←

7. そして今年二〇二一年、もうじき六十六歳になる僕はここまでの経緯をすっかり忘れてしまっていた。

で、この時系列をもとに、前回のメールに書いた内容の訂正、というか、まちがい探しが可能になる。

ひとつは、生前の阿佐田哲也との接点がまったくなかったようなニュアンスの書き方を、僕がしていたこと。それが明らかなまちがいであることが時系列の5によって証明される。僕は「阿佐田哲也・編著」の本に競輪についての文章を寄せている（はずだ）。ということは言い換えれば、同じ時代に、同じ物書きとして、競輪を通じて一緒に、本作りの仕事にたずさわっている。もしかしたら出版社を介して（それか川上信定さんを介して）短い挨拶のやりとりくらいならあったかもしれない。絶対になかったとは言い切れない。すくなくとも、僕が思っていたほど「ギャンブルの神様」阿佐田哲也との距離は遠くなかったのかもしれない。

それともうひとつ、こっちのほうがより重要だが、僕が若かった頃に「読みごたえのある」競輪の本を書いていた作家は阿佐田哲也以外にいなかったと前回書いた。これも時系列の1から7までをたどってみると、おそらく無責任な放言、にすぎないだろうと想像がつく。僕は二十代のとき読んだ川上信定の文章を四十歳になっても記憶に留《とど》めていたわけである。つまりは読みごたえのある文章を川上信定が書いていたわけだ。ただそれをのちに、物覚えの悪い高齢者になった僕が忘れてしまっていただけなのだ。

書き手はまだほかにいたかもしれない。阿佐田哲也以外、川上信定以外にも、僕が若い頃、熱心に読んでいて、いまではもう忘れてしまっている競輪の文章の書き手が。『競輪痛快丸かじり』という本を手にすれば、そこに並んだ寄稿者の名前を見れば、もっと記憶がよみがえるのかもしれない。でも肝心の本がない。捜しても出てこない。

電子本もない。アマゾンには中古の出品があるが、高値がついている。だからいまのところ、本の目次にどんな寄稿者の名前が並んでいるのかわからない。その中にまじって、駆け出しの小説家佐藤正午がいったいどんな文章を書いているのか、それすらわからない。

あと追伸。

ハトゲキの劇場用パンフレットへの寄稿依頼をうけてオオキくんがいま感じている「どうするもこうするも」書くしかないと追いつめられているところの「ユーッ」さは、それと同様の気持ちを僕はこの三十何年間、何度も何度も何度も何度もほんとに何度も味わってきているんだということを言っておきたい。

258
オオキ
2021/07/11
16:57

件名：誕生日ギフト

困ったときの『正午派』頼み、はオオキも同じです。あの短編の初出はいつだったっけ？ みたいな確認が要るときは、いまでも重宝しています。

『正午派』の年譜は、まず正午さんの著作の巻末に入っているクレジットをもとに作成し、それから単行本や文庫本に収録されていない原稿、たとえば単発のエッセイとかに関して頼みにしていたのは、正午さんちのクローゼットで眠っていた掲載媒体（の切り抜き）と、正午さんの記憶でした。もちろん国会図書館まで行って「佐藤正午」で検索をかけ、そこに抜けがないか確かめて、現に発掘した原稿もありました。そんなオオキが、（いまさら）こんなこと言われたら、中古でいくら高値がついていようと、じっとしていられないスよ。

『競輪痛快丸かじり』という本を手にすれば、そこに並んだ寄稿者の名前を見れば、もっと記憶がよみがえるのかもしれない。でも肝心の本がない。捜しても出てこない。（中略）駆け出しの小説家佐藤正午がいったいどんな文章を書いているのか、それすらわからない。

　刊行は35年前。『競輪痛快丸かじり』のタイトルは知っていましたけど、実物を見たことはなく、この本が阿佐田哲也さんの「編著」であることも知りませんでした。

「わざわざ買ったの？　え、載ってた？　僕の原稿」

「それは次回のオオキメールに書きます」

と、先月ゲラの確認で連絡したときも、この件については、もったいぶって話しませんでしたよね。『正午派』の年譜の抜けに青ざめるのか、正午さんの記憶のあやふやさを指摘することになるのか、その答え合わせ（？）です。

カバーの表には阿佐田哲也さんのお名前だけでしたが、その裏面には「誘導、1枠、2枠、3枠……」と洒落《しゃれ》た章番号が打たれた箇略版ぽい目次が印刷されていました。寄稿者に川上信定さんのお名前もありますし、板坂康弘さん、鈴木保巳さん、芹沢博文さん、馬場雅夫さんの4人による座談会なども収録されているようです。……でも「佐藤正午」がない。ほえ、という気分で裏表紙をよく見ると、「3枠の1【独断と偏愛】ワタシの㊙車券セオリー」の下に「著名十四氏」とあります。これか！　急いで本を開いて、簡略版ではない目次に目を走らせました。ずらりと並んだ「著名十四氏」はこちらです（掲載順、敬称略）。

谷恒生、工藤紀夫、勝浦修、藤波行雄、井口泰子、南方英二、月亭八方、林美雄、寺内大吉、佐藤正午、砂田弘、若井はやと、中村敦夫、三升家勝二。

正午さん、右に挙げた「寄稿者の名前」をご覧になって、当時の記憶がよみがえってきましたか？　オオキは軽く興奮しましたよ。「〝一人ゲーム〟推理はゴール過ぎまで」と題された原稿です。まちがいなく初めて読みます。見開きで2ページぶん、その下部には、正午さんの顔写真まで載っています。『正午派』の年譜のことも忘れて、お宝発見！　みたいな気分で読みました。

うーん、どうなんでしょう。35年も前の原稿ですし、オオキもめったなことは言えないし、お宝にはちがいないし、どこまでいっても推測の域なんですけど、でも書いちゃいますけど、コレほんとうに正午さんが書かれたものなんでしょうか？　正直そんな疑念がわきました。理由はふたつあります。

ひとつは内容面です。この原稿には「(競輪場に) だいたい○万円持って行って」といった感じで、軍資金の具体的な額まで書かれています。こういうことを正午さんが明記するって、かなり珍しいと思うんです。正午さんを含め「著名十四氏」の複数のかたが同じようなことを述べているのにも引っかかっています。ふたつめは、やっぱり文体のことがあります。35年前に『ビコーズ』を上梓《じょうし》された頃の正午さんの文体は、これこれこうで、と理屈をつけて説明はできません。でも、たとえば同時期に書かれたエッセイが収録されている『私の犬まで愛してほしい』をぱらぱらめくって読み比べると、こんなふうに書くかなぁ、こんな言葉づかいするかなぁ、と思っちゃったりもしたわけです（まぁ、年上の方々の名前に囲まれて、若い正午さんがひとり佐世保の仕事場でアガってしまったとかなら話は別ですけど、まさかまさか）。

「〝二人ゲーム〟推理はゴール過ぎまで」は、正午さんが取材を受けた（もしくはアンケートなどに回答した）内容を、編集サイドがまとめた原稿ではないかとオオキは推測しています。もちろんゲラの確認もされたことでしょう。でも厳密には、正午さんを「寄稿者」とは呼べないのかもしれない、結果的に『正午派』の抜けには当たらないのかもしれない、と考えています。

今回のメールが公開されるのは8月20日なので、5日後の誕生日ギフトとして『競輪痛快丸かじり』（この本もおもしろいスよ！）をきょう送っておきます。88〜89ページに載ってるこの原稿は、正午さんが書かれたものですか？

あと、そうだ。正午さんの誕生日の2日後には、いよいよハトゲキの映画が全国で公開される予定です。まずはぶじに公開されるといいスね！

259
佐藤
2021/07/21
11:53

件名：記憶ちがい2

送ってもらった紙の本『競輪痛快丸かじり』を読んでみた。隅から隅までていねいに読んだわけではないけど、質問に答えられるていどには読んだ。

今回のオオキくんの質問は次の二点。

1. この本の目次に並んだ「寄稿者の名前」を見て何かしら当時の記憶がよみがえったか？
2. この本に収録された「〃一人ゲーム〃推理はゴール過ぎまで」という短い文章は佐藤正午が自分で書いたのか？

1の答えは、はい、で、2の答えは、いいえ、だ。

もう少し詳しくいうと、1の答えは、はい何となく、で、2の答えは、いいえたぶん、だ。

どっちの答えもなんか頼りない。

それはでもあたりまえで、三十五年も前の記憶に頼った回答だからどうしてもそうなる。なるだろう。遠い過去を振り返るとき、ひとは（自分に）正直であればあるほど（自分の）記憶が頼りなく思える。自信を持ってこれはこうだとは言い切れなくなる。僕はそう思う。ここは高齢者の入口に立った人間として率直にそう思う。世のおじいちゃんの記憶はあてにならない。自信満々のおじいちゃんの語ることはまるまる信用できない。謙虚で控えめなおじいちゃんの語ることなら多少、信用がおけるかもしれない。オオキくんもそう思ってこのさきを読んでほしい。

順番を入れ替えて最初に2の答えから（謙虚に）記憶をたどってみよう。

タイトルが「〝一人ゲーム〟推理はゴール過ぎまで」という短文。

これを書いたのはたぶん僕ではない。

そう思う根拠として真っ先にあげられるのは、タイトルを見たときの違和感――このタイトルは自分でつけたものではないな、という違和感――なんだけど、でもそれだと根拠としては弱いかもしれない。依頼をうけて書いた原稿が、編集サイドによってタイトルを変更されて雑誌に掲載される、という事態は、ほかの書き手のみなさんはどう言われるか知らないが、僕の経験上、べつだん珍しいことではない。また雑誌発表時のエッセイのタイトルが、書籍化の編集段階で変更されて、新たなタイトルで単行本に収録される、というのも珍しくない。

たとえば佐藤正午の著書に『side B』という競輪エッセイ集があって、目次にはたくさんタイトルが並んでいるが、僕の記憶ではその大半は、エッセイ発表時のままではなく、書籍化のさい担当編集者によって変更が加えられている。またたとえば、もっと強く印象に残っているところでは、前回触れた競輪専門紙『プロスポーツ』での佐藤正午の連載エッセイ、その通しのタイトルは、

ああ長崎の打鐘《ジャン》がなる

というもので、これがどこから来ているかといえば昔ヒットした歌謡曲の（たぶん）もじりで、『正午派』の年譜にも、一九九七年の六月の項に、

ああ長崎の打鐘がなる　連載開始

と容赦なく（もちろん）正確に記されているのだが、でも、このタイトルはいくらなんでも（というか、何というか、オオキくんならわかってくれると思うけど）僕の発案ではなく、連載開始時に編集部によって、やや強引に、提案され決定されたものだ。やや強引にというのは、僕の記憶では、要は、このタイトルで行きたいと思うのですが、なんか不満ありますか？　あ、いえ、ないです、連載やらせてもらえるのであれば不満などないです、みたいな感じ。

だから、そういうこともあるわけだから、タイトルがいくら自分の趣味と合わないといっても、そのタイトルで三十五年前に活字になっている文章を自分が書いたものではないとは（必ずしも）言い切れないわけだね。

じゃあもっとほかに根拠はあるのか。

この『競輪痛快丸かじり』に収録されている「〝一人ゲーム〟推理はゴール過ぎまで」と題された短文、これは佐藤正午が書いたものではない、と主張できる根拠がほかにあるのか？

そう訊かれると、こう答えるしかない。

記憶がない。

これを書いた記憶が僕にはない、と。

でもこの答えも根拠としては弱いよね。ひとは自分で書いた文章をぜんぶ、一字一句、ずっと憶えているとは限らないわけだし、おまけに僕の場合は、前回のメールでも、自分の記憶があやふやでいい加減なことを正直に認めているわけだから、なおのこと、誰にも信用してもらえないだろう。根拠として弱すぎる。書いたことをおまえが忘れてしまったんだろうと言われたらそれまでだ。

ただね、これを書いた記憶が僕にはない、というのは、書かれている内容に記憶がない、というのとはまた別なんだ。三十五年前だから、当時はまだ手書きで原稿を書いていた時代だった。僕だけじゃなく文章を書くひとはみんなそうだった。で、これを書いた記憶が僕にはない、というのは言い換えれば、

ペンを走らせてこれを書いた記憶がない

つまり自分の手を動かしたおぼえがないという意味で、にもかかわらず、そこに書かれている内容は、記憶にある。書かれているのは確かに自分の体験談だと、読めば思い出せる。これはどういうことか？

たぶんオオキくんの推測が当たっている。

「〝一人ゲーム〟推理はゴール過ぎまで」は、正午さんが取材を受けた（もしくはアンケートなどに回答した）内容を、編集サイドがまとめた原稿ではないか……

そう考えて間違いないと思う。

僕の見るところ、これは談話だね。

新聞や雑誌の記事の末尾にときどき「（談）」と断ってあるでしょう。この記事は寄稿文ではなく記者がインタビュー取材して原稿にまとめたものですという意味で。あれなんだね。

そしてそう考えると、そう考えるしかないんだけど、ここで見逃せないのは、前回のメールに書いた僕の記憶――「川上信定さんから一回だけうちにかかってきた電話」の意味合いががらりと変わってくること。

またしても僕の記憶ちがいが明らかになること。

☞

川上信定さんはなぜ僕に電話をかけてきたのか？

僕はそれを原稿依頼のためと記憶していた。

こんど『競輪痛快丸かじり』という本が出るのですが、よかったら「佐藤さんも何か書いてみませんか？」的な打診の電話だったと思いこんでいた。その打診に応えて、当時の僕は競輪に関する文章を何かしら書いて送ったのだと。

でも書いたと思いこんでいた文章が、実際のところは談話だったとすれば、川上信定さんからの電話は原稿依頼ではあり得なかったことになる。むしろこう考えたほうがツジツマが合う。

川上信定さんの目的は取材だったのだろう。

主人公が競輪をやる小説を書いてデビューした（ばかりの）佐藤正午という新人作家に、競輪とのかかわりについて話をさせるために電話をかけてきたのだろう。

きっとそうだったに違いない。むろん川上信定さんの役割はそれだけではなかったはずで、電話で聞き取った内容を要約し、「〝一人ゲーム〟推理はゴール過ぎまで」を実際に――自分の手を動かして――書いたのも川上信定さんだった、と考えるのが自然だろう。あるいは『競輪痛快丸かじり』の同じ章に収められている十四人ぶんの原稿はぜんぶ、十四人全員に話を聞いたうえで、川上信定さんが書いたのだったかもしれない。前回のメールで『阿佐田哲也の競輪教科書』から引用した一文、

拙著『競輪痛快丸かじり』でも助力して貰った川上信定さんが顔を紅潮させている。

ここで阿佐田哲也のいう「助力」とは、川上信定さんの、僕を含めた十四人への取材と、十四人ぶんの談話をまとめた書き仕事を指している、と見なしていいかもしれない。

で、そうなってくると、前回整理しておいた時系列に一部修正の必要が生じる。1から7まで箇条書きにした時系列のうち、

5．三十歳の頃、『競輪痛快丸かじり』への寄稿を依頼される。記憶では、そのとき川上信定さんから電話がかかり、会話の中で、僕が川上さんの競輪エッセイの読者であったことに触れる。

これが正しくはこうなる。

5．三十歳の頃、『競輪痛快丸かじり』という本のため電話取材をうける。電話をかけてきたのは川上信定さんで、取材の途中、僕が川上さんの競輪エッセイの読者であったことに触れる。

こっちのほうが正しいと（いまさらだが）自分でも納得できるのは、「僕が川上さんの競輪エッセイの読者であったこと」を川上さん本人に告げる、その発言を、原稿依頼の電話の、事務的な会話の中に、ではなく、電話取材の途中の、雑談の中に置いて思い出してみると、より自然に記憶がよみがえる気がするからだ。

僕の談話を川上さんが要約して文章化した（と推測される）「〝一人ゲーム〟推理はゴール過ぎまで」には、次のような箇所がある。

僕が競輪を始めたのは昭和五十五年、親父に頼まれた車券を買いに行ったとき以来ですが、当時は穴ばかり狙っていました。

僕は川上さんにこの通り喋ったと思う。

父のお使いで初めて競輪場の門をくぐったのは紛れもない事実だから。それが祖母の（父にとっての母親の）亡くなった日であったことなど、いまでも当時の経緯を細かく憶えているから。もしかしたら僕はもっと細かく喋ったのかもしれない。その話を聞いた川上さんは、こんなふうに会話の舵《かじ》を取ったかもしれない。

「そうですか。お父さんが競輪ファンで、佐藤さんはその薫陶をうけているわけですね」

「まあ。父がいなければ競輪とは出会わなかったと思います。昔から、うちには競輪の雑誌や新聞がふつうに置いてあって、『プロスポーツ』とか、僕も手にとって見ることがありました」

「英才教育ですね」

「いや、父は競輪をやれとは言わなかったですけど。ああ、そういえば川上さん、以前『プロスポーツ』にエッセイを連載されていましたね」

「ええ、書いていました」

「憶えてます。熱心に読んでました、まだ競輪はやってませんでしたけど。ヘミングウェイが、ギャンブルはゆで卵につける塩だと言ったエピソードとか、書かれていたことをいまでも憶えてます」

「まだ競輪をやってなかった時代に、競輪のエッセイを」

「はい。ただ競馬はちょっとだけ齧《かじ》ったことがあって、……その話もします？　大学時代の話」

「いえ、今日は競輪の話にしぼりましょう」

そんなふうに取材の途中、雑談がはさまれたのかもしれない。

いや、かもしれないではなくて、こう書いてみるとこれが正しいのだと思えてくる。これ以外の正解はない。「川上信定さんからうちに電話がかかって、たった一度だったと思うが、言葉をかわした記憶」そして「その会話の中で、川上さんの書かれた競輪のエッセイに触れた記憶」と前回僕が書いた、その記憶の正しい姿はこれだといまは確信している。

追伸
オオキくんの質問1への答え「はい何となく」の中身に詳しく触れる余裕がなくなってしまった。まあ「はい何となく」だから、どうしても書いておきたいとかそういうことでもないし、読まされる側もたいして惜しい気はしないと思うからこのままにしておく。

II

若い人（のうちの、どこかにいる誰か）

260
オオキ
2021/08/14
09:15

件名：立ち入った話

お盆の季節ですね。正午さんはお墓参りとか行かれるんでしょうか？

正午さんが初めて競輪場の門をくぐった経緯は、『side B』所収のエッセイ「自分の小説のなかに埋めこんで」などで知っています。１９８０年1月21日、佐世保には雪が舞っていたんですよね。でもその日が「祖母の（父にとっての母親の）亡くなった日であった」という話は、初耳のような気がします。どこかで書かれていましたっけ？ オオキも近ごろ自分の記憶に自信がなくなっていてこころもとないんですが、この話を聞いて頭をよぎったことがあります。

以前、東根さん宛のメールにも書かれ（✉135）、『ダ・ヴィンチ』２０１８年２月号のインタビューでも語られていた、「父親の葬式には出席していない」どころか、「（葬儀に）駆けつけるつもりだったのに、実際に僕が向かったのは競輪場でした」の件です。ちょうど校了したばかりの『書くインタビュー４』に収録した盛田隆二さんからのメールでは「佐藤正午にとって〈私的な事実〉とは、いくらでも自在にかたちを変えうるものなのだから」と疑われてもいましたね（✉176）。でもオオキは、何年か前に佐世保でニシさんから「そうさー、アイツは（葬式に）おらんかった」といった確かな証言を得ているんで、その事実がガチなのを知っています。

自分の母親が亡くなった日、仕事も忙しく、けどどうしても買っておきたい車券があった父親は、暇そうにしてる息子に競輪場までお使いを頼んでいた。息子が競輪場の門をくぐるのはそれが初めてで、以来、数え切れないほど何度となく、その門をくぐることになる。それから34年後に訪れた父親の葬儀の日、息子が向かった先は、葬儀が執り行われている会場ではなく、競輪場だった——。

といった概要になりますね、まとめると。正午さん、ちょっと立ち入った話になりますけど、この父親と息子って、そっくりじゃありませんか？　親子だから当然、のひと言で片づけるのがもったいないくらい、この父子を象徴するエピソードだと思います。もしこういう設定の小説があったなら、少々デキすぎな感じですかね？

阿佐田哲也さん編著の『競輪痛快丸かじり』にまつわる35年前の記憶ちがいが判明したいっぽうで、さらに時間をさかのぼった1980年1月21日にまつわる出来事を、正午さんは「いまでも当時の経緯を細かく憶えている」と言います。もっとくわしく聞きたいですね、その話。『side B』には書かれていない「祖母の（父にとっての母親の）亡くなった日であった」という話もからめて、当時の経緯を細かく語っていただけないでしょうか？　正午さんはどんなふうに車券を頼まれたんですか？　お祖母さまのことは気になりませんでしたか？

261
佐藤
2021/08/23
12:33

件名：ＷＥＢきらら炎上！　原因はなんと！

いつだったかの電話で一回話したように、毎月オオキくんが送ってくる質問メールの、本文のほうではなくて、本文に入る前の私信の部分、担当編集者から作家へのメールだから厳密には私信とは呼べないかもしれないけど、ここにアップされて一般読者の目に触れることのない、僕だけが読むことになる本番前の挨拶というか前説というか、とにかくその非公開部分、そっちを捨てるのが惜しいなと思うときがある。たまにある。むしろそっちに返信書きたいなと思うときが。

したよね、この話？

で今回、試しにそっちへの返信から入ってみる。

もちろん非公開を前提に書かれていることだから勝手にイジっちゃいけないのはわ

かっている。けどま、オオキくん自身の個人情報に触れているわけでもないしさ、このくらいは大目に見て貰えるんじゃないか？　そう思ってここに、一部、無断引用する。全文じゃない、ほんの一部。

オオキくんはそっちにこんなことを書いている。

〈今回のオオキメールには敢《あ》えて触れていませんが、『私の犬まで愛してほしい』の「むかし自転車いま競輪」に、「親戚に不幸があったとかで車券を買いに行けぬ友人に頼まれて、僕は生れて初めて競輪場の門をくぐった」という記述があります。〉

これね、この指摘、何ていうか、わたしはあなたの過去の不始末を知っています的な？　過去から逃れようとしても逃げ切れませんよ、わたしの目の黒いうちは的な？「敢えて」という副詞からそこはかとなくブラックメール感の伝わる指摘、これは非公開部分でじゃなくて、メール本文で書いてくれたほうがむしろよかった。

これをこう、質問のかたちにして、

正午さんの大昔のエッセイ集『わたしの犬まで愛してほしい』に収録されている「むかし自転車いま競輪」に、「親戚に不幸があったとかで車券を買いに行けぬ友人に頼まれて、僕は生れて初めて競輪場の門をくぐった」という記述がありますが、これは前回の正午さんのメールに「父のお使いで初めて競輪場の門をくぐったのは紛れもない事実」とあった記述と相反しますね。そこんとこ、どう言い訳しますか？

とでも書いてきて貰ったほうが僕としては有り難かった。

だってそう訊かれたら、ここで堂々と言い訳できるからね。

僕の想像ではオオキくんは、公開のメールでそんなことに「敢えて触れて」しまうと正午さんに恥をかかせることになると考えたのか、それとも、そんな大昔の文章を掘り出してきても「つまんないこと訊くなよ」と正午さんはヘソを曲げるだけだと考えたのか、どっちにしても（あとほかに何であっても）そこには、オオキくんの僕にたいする遠慮が働いてるんじゃないか？

目上の作家への遠慮はあって当然だと思うんだ。人付き合いの基本として、……人付き合いに投げやりな僕が言っても説得力ないだろうけどさ、年下の人間が年長者に遠慮する、年長者をたてる、それは自然だと思う。僕だって二十代でこの業界に入った頃は、まわりは目上の編集者ばかりでけっこう遠慮してた。ただそれは人対人の付き合いの場合で、編集者対作家の仕事の場では、遠慮はなるべくないほうがいい。対等のほうがいい。それが理想だよね？　ま、理想というからには、理想とは別の現実があるわけだけど。……なんか僕、わかりきったこと言ってるか？

僕が言いたいのは、仕事の場では、年齢の上下に関係なく遠慮はないほうがいい、なるべく。それが理想だろう。でもそんなことはどうでもいい。そんな話とは別に、この仕事の場――この「ロングインタビュー」のメールでのやりとりの場――に限っては、遠慮はすっかり忘れたほうがいい、なるべくとかそれが理想とかじゃなくて、ここではマストで遠慮は捨てるべきだ、ということ。マストの使い方合ってるか？初めて使ってみたけど。

なぜなら遠慮があるとぬるくなるからだね。質問メールに書いてあることがぬるいと、読んでてもつまらない。回答メールを書く僕が、だけじゃなくて、ぬるい質問メールと回答メールを両方読まされる読者もつまらないだろう、と想像できるからだ。和気藹々《わきあいあい》の仲良しメールを読まされて誰が面白いだろう？だからここでは目上の作家をたてる必要はない。むしろたてないほうがいい。これを「敢えて」書いちゃったら恥をかかせることになる（かもしれない）としても書いたほうがいい。相手がうるさがってヘソを曲げるのが予想できても訊くことは訊いたほうがいい。ぬるいよりはそのほうがいい。

……とはいっても、やっぱりそれも難しいか。

オオキくんには編集者としての立場があるしね、質問メールの書き手の立場よりかはそちらを優先するのがあたりまえか。自分の書いたもので担当の作家に恥をかかせたいとか、担当の作家を不機嫌にさせたいとか思う編集者もいないだろうしね。それに、ほんとは僕だって自分の味方だと思ってる編集者から恥なんかかかされたくないし、編集者からのメールを読んで不機嫌にもなりたくない。これが前任者の東根さんだったらね、彼女だったら編集者対作家の関係性から自由で、いわば通りすがりの、フリー対フリーの、このロングインタビュー限定の仕事相手だったから、もうすこし遠慮抜きでたがいに言いたいことを言い合えた気もするんだけど。ま、むこうはどう思ってたか知らないけど。

そういえば東根さん、東根ユミさん、今どうしてるんだろう。『書くインタビュー4』のゲラを読んでいて久しぶりに彼女のこと思い出した。双子の女の子を出産して、その後は育児に奮闘中なのかな。

♨

先月のメールでは「父のお使いで初めて競輪場の門をくぐったのは紛れもない事実」と明言しているその日のことが、「むかし自転車いま競輪」と題したエッセイの中では「親戚に不幸があったとかで車券を買いに行けぬ友人に頼まれて、僕は生れて初めて競輪場の門をくぐった」となっているのは、それは父への遠慮があったせいだと思う。

『正午派』の年譜で確認すると、そのエッセイが雑誌「Ｎｕｍｂｅｒ」に掲載されたのは一九八四年六月のことで——原稿を書いたのはそれより二ヶ月くらい前だったはずで——ということは、佐藤正午の最初の小説が出版されたのは一九八四年一月だから、作家としてデビューした直後の仕事だったわけだね。だからそのへんも考えると、当時僕は、父への遠慮をどう処理していいのか、どこまで事実を書いていいのか、よくわからなかったのかもしれない。よくわからないまま「親戚に不幸があったとかで車券を買いに行けぬ友人に頼まれて」と安易に話を作ってしまったのかもしれない。

ただしその後、オオキくんも（メール本文のほうで）触れているように、この「初めて競輪場の門をくぐった経緯」についてはもう一回書き直すことになる。一九九七年になって、例の『プロスポーツ』に連載した競輪エッセイでは、こんなふうに。

一九八〇年、一月二十一日、月曜。

十七年前のその日、佐世保には雪が舞った。競輪が中止になるほどの降りではなかったが、朝から夕方まで小雪がちらついたり止《や》んだりを繰り返す、なにしろ寒い一日だった。

僕は午後から決勝戦にまにあうように佐世保競輪場へ出かけた。競輪場の門をくぐるのはそれが生まれて初めてだった。べつに自分から好んで出かけたわけではない。仕事で忙しい父親に決勝戦の車券を頼まれたのである。僕は二十四歳の暇な青年だった。大学をやめて実家のある佐世保に戻って、ぶらぶらしていた時期なので暇ならいくらでもあった。

これは『競輪痛快丸かじり』（一九八六年）収録の「〝一人ゲーム〟推理はゴール過ぎまで」に（川上信定さんの手で）書かれていること——「僕が競輪を始めたのは昭和五十五年、親父に頼まれた車券を買いに行ったとき以来」とも矛盾しない。つまり川上信定さんによる電話取材の時点ですでに僕は下手な作り話をやめているし、それから約十年後『プロスポーツ』紙では、当日の天候をふくめ記憶をたどって事実を（ほぼありのまま）書いている。

あとはそこにたった一行、「仕事で忙しい父」に車券を頼まれたというのは方便で、実は「それが祖母の（父にとっての母親の）亡くなった日であったこと」という事実を書き足せば、この思い出話は完成する。そこまで来ている。

でもそれが難しかったんだろうね。

一九九七年の時点では、その一行を書き足すのが。そこまで書いていいのか悪いのかの判断がつかなかった、というより、もし書いたらどんな反響が返ってくるのかこないのか、そこの見極めがつかなかったんだと思う。だから一行ブランクのまま書き残した。反響というのはつまり、当時、父がまだ健在だったから。

父は息子が書いたものを読むかもしれない。池波正太郎の愛読者だった父は、佐藤正午が書いた小説は読まないかもしれない。けど小説と違って『プロスポーツ』は、父が購読している競輪専門紙だから読むかもしれない。いや読むだろう。毎週読んでるんだから習慣的に読むだろう。読んだ父はどう思うだろう。僕は書かなくてもいいことを書いて父に恥をかかせることになるかもしれない。

☞

二〇一四年に父が死んで、七年経った。

いまとなってはもう遠慮はいらない。父が僕の書いたものを読む心配はないから書こうと思えば何だって書ける。

理屈ではそうなるよね。

ところが実際に書こうとすると書けないことが出てくる。書けるけど書かないほうがいい、書くべきではないと判断することと、書けそうだけど書きたくないな、気が進まないなと思うこととの区別が、自分でもビミョーにつけ難《にく》いんだけど、どっちにしても、やっぱり遠慮があるんだよね。相手が誰であれ、実在の人物のことを書くときには遠慮が働くでしょう。付き合いのなくなったひと、そもそも付き合いのないひとに対しても遠慮は働くでしょう。死んだひとに対してだって遠慮は働く。

当時の経緯を細かく語っていただけないでしょうか？　というオオキくんのリクエストにはだから応えられないんだ。一九八〇年一月二十一日、雪の日の思い出は、これ以上は語れない。それか、これ以上語るべきことは、もうない。

前回のメールで「それが祖母の（父にとっての母親の）亡くなった日であったこと」と事実を書いた。なんかつい、ぽろっと、記憶がこぼれるような感じで書いてしまったんだけど、そこまで。最後の一個、おまけの記憶を付け足して終わり。

僕が「初めて競輪場の門をくぐった日」のエピソードは、「むかし自転車いま競輪」という若書きのエッセイから始まって、前回のロングインタビュー「記憶ちがい2」まで、およそ三十七年かかって完成形になった、と、そういうこと。これ以上は余計になる。なると思う。一行でも書き足せば、その書き足した一行が次の一行を呼んできて、記憶が記憶を呼び起こして、ウイルスの感染経路のごとく枝分かれして、四方八方に増殖して（怖いね）たぶん「初めて競輪場の門をくぐった日」一日限りではすまない長い物語になる。語っていただけないでしょうか？　とオオキくんが軽いノリで期待しているものを遥かに上回る長文になる。もし誰にも遠慮なく書ければということだけど。なると思う。インタビューの回答というよりそれは自伝になる。W

EBきららが重くて動かなくなる。WEBきららを検索すると「炎上／ロングインタビュー／ちょーロング／誰も読まない」等が検索ワードの最上位になる。怖い。
そういうわけなので、今回はここまで。あしからず。

追記
今回のこのメールのタイトルは、YouTube動画のサムネによくある「釣りタイトル」ふうにしてみた。内容をともなっていない。でも釣られるあなたが悪い、みたいな。

262
オオキ
2021/09/13
15:59

件名：『WEBきらら』の場合

佐藤正午さま
いつもお世話になっております、こんにちは。
（ためしに今回は、メールの挨拶文的な部分もそのまんま入れてみます）
先週末、映画『鳩の撃退法』のティーチイン付き上映会（なるもの）に呼ばれ、映画館のお客さまを前に喋ってきたオオキです。

事前に司会のかたから、こんなことを質問しますよ、といった文面をもらってたんで、マイクを持つ手が震える、みたいな状況ではなかったんですが、いざ喋りだすともうダメでした。正午さんが以前この連載で書かれていた直木賞受賞会見での状況（✉166）、喋りながら頭の片隅で、あ、この言葉はちょっとちがうかな、なんかたどたどしい日本語だな、とか思いつつ喋りつづけるしかない状況、あれに近いものを体験してきました。タカハタ秀太監督も登壇されていたのがまじで救いでした。

オオキメールお送りします。今月もよろしくお願いいたします。　おおき拝

先月は、『ＷＥＢきらら』のデータ容量までご心配いただきましてありがとうございました。今後のためにお伝えしておきますと、４００ページくらいまでなら「楽勝でいちどにイケる」そうスよ。通信環境が良好であれば、重くて動かなくなる、といった心配はありません。仮に今月、正午さんからいきなり１００ページぶんのロング返信が届いたとしても、システム上ではびくともしません。通信環境も、この先さらに高速化・大容量化していくでしょうから、ページ数の上限も（印刷コストの心配もなく）飛躍的にのびる可能性だって大いにあります。かわいい字面《じづら》のわりに、『ＷＥＢきらら』おそるべし、ですよね？

ですから正午さんさえその気になって、たとえばですが、オオキくんには悪いけどさ、「ロングインタビュー」はちょっとお休みして僕の自伝をどこかで連載したいと思ってんだけど、連載一回ぶんの文量も相当長くなりそうだし、やっぱ『WEBきらら』じゃ無理だよね？　といった心配は無用です。原稿料のほうは、そのボリュームぶんはずんでもらえるようオオキからやさしい編集長に頼みこみます。どうしますか？　「記憶が記憶を呼び起こして」書かれた「長い物語」――『佐藤正午自伝（仮）』。読んでみたいですね。オオキ以外「誰も読まない」ですかね？

「誰も読まない」って、正午さんが先月、検索ワードの候補に挙げていたことばです。正午さんに限らず、誰がどんな媒体になにをどう書いていても、「誰にも読まれない」心配はつねについてまわるはずです。『WEBきらら』の場合、調べれば連載ごとのアクセス数だってわかります。

でんわでゲラの細かい直しの話を終えたあと、正午さんはたまに（冗談ぽく聞こえはするんですが）「ま、誰も読んでないだろうから」みたいなことを言いますよね。言われるたびに、ドキッとしてるんです。あれは本心ですか？　じっさいに書いている現場でも、パソコンのモニタを前にして「誰にも読まれない」ほうへと考えが及ぶことがあるんですか？　「誰にも読まれない」と思って書く原稿と「誰かに読まれる」と思って書く原稿とでは、どちらのほうが正午さんは書きやすいですか？

件名：本音

263
佐藤
2021/09/23
12:33

電話でゲラの細かい推敲作業を終えたあと、僕がたまに「ま、（どうせ）誰も読んでないだろうけど」ふうの発言をするのは、それはどちらかといえば本音に近いと思う。

謙遜《けんそん》じゃない。自虐でもない。本音が、ごく自然に口から出るんだよ。相手はもう長く一緒に仕事をしてるオオキくんだしね、いまさらミエはったって仕方ないから本音で喋ってるんだと思うよ。ただそれを聞いたオオキくんの、「言われるたびに、ドキッとしてるんです」という心の内は知らなかった。

ドキッとしてたんだ？　てことはあれか？　オオキくんも実は似たようなことを思ってて、つまり僕に痛いところを突かれて、毎回ドキッとしてるってことか？　わざわざ電話する時間つくって、口頭でゲラの直しとか、いったい何になるんだよ、ここの一文字直せと作家に指示されて、直したからって何がどう変わるんだよ、どうせ誰も読まないのに、みたいな？

な？　そうなのか？　もしそうだとしたら、それはまずいぞ。担当編集者としての、そのニヒリズムはあぶないぞ。作家と編集者とふたり揃《そろ》って、こんなの誰も読まないだろうとか言ってたら、そんなこと編集長にばれたら、ただじゃすまないぞ。……ああ、でも、誰も読まないんだから編集長も読まないか。ばれないか。

☞

謙遜でもなく、自虐でもなく、ごく自然に、本音で「ま、誰も読んでないだろうけど」と僕が言うときの、その「誰も読んでないだろう」について少し説明すると、これは文字通り一人も読んでいないだろう「読者の数はゼロだろう」って予言ではないんだ。

そうじゃなくてね、どう言えばいいか、例としてここで、実在の人物名をあげるとなんかいろいろ差し障りがありそうなのでそれは避けて、たとえば、世界中のファンにフォローされているセレブのSNSとかあるでしょう、あるよね？　僕もよく知らないけど。そういうさ、何百万何千万もの人々が好んで読みたがるものに比べれば、佐藤正午が書くものは読者の数からして「誰にも読まれていない」も同然だろうと、そのくらいの意味なんだ。

そんなの、あんたはセレブじゃないんだしあたりまえだって思われるかもしれないけど、そのとおり、あたりまえなんだ。あたりまえだから、僕はごく自然に、本音で「誰も読んでないだろう」と言ってる。

これ、詭弁《きべん》に聞こえるか？　自分だけ言い逃れしていい子になろうとしているように聞こえるか？


話はちょっと逸《そ》れるけど、八月の末に映画『鳩の撃退法』が劇場公開されたよね。その後、九月に入って、何日か過ぎた頃に、ある人からスマホにメッセージが届いた。

「『鳩の撃退法』の映画化が決まったらしいね！　よかった！　映画になったら絶対見にいくよ！」

みたいなことが書かれていた。で僕は二、三分考えて、

「はい、どうもありがとうございます！」

とだけ返事を書いて送った。

それからまた何日かして、こんどは散歩の途中、ご近所さんから直接、

「佐藤さん、佐藤さん、東京にいる娘から聞きましたよ、佐藤さんの本がこんど映画になるらしいですね！　楽しみですね！」

と声をかけられた。

「はい、どうも」と僕は笑顔でお辞儀をして通り過ぎた。

そんなちぐはぐな出来事が重なったせいで、あらためて思ったんだけどね、映画『鳩の撃退法』はさ、今年の二月に「情報解禁」とかでテレビのワイドショーやスポーツ新聞やもちろんネットでも告知されて、そこからじっくり手間ひまかけて、映画業界のプロの人たちが知恵をしぼって、僕なんかからしたらもう桁違いの宣伝費（想像だけど）も投入して、八月何日に劇場公開ですよ！　あなたの街の映画館にもかかりますよ！　ぜひご覧になってくださいね！　って情報が行き渡るように発信し続けたわけでしょう。

でも情報は行き渡らないんだね。

日本全国津々浦々までには。日本列島の住人およそ一億二千万人だか三千万人だかの全員には。これもあたりまえと言えばあたりまえだけど。どんなに頑張って情報を発信してもたぶん、その情報は関心のないひとの目には映らないし、耳には届かない。

とっくに映画は公開されて一週間も二週間も過ぎているのに、「映画化が決まったらしいね！」「こんど映画になるらしいですね！」なんて言うひとたちがいて、でもそのひとたちはまだ（情報を発信する側にとってはという意味だけど）マシなほうで、そのひとたちの背後には、もっと大人数の、一億人をはるかに超える数の、

——『鳩の撃退法』の映画化？　知らん。

とか、それ以前に、そもそも、

――『鳩の撃退法』？　何だそれ？　小説の題名？　そんな小説書いたやついるの？　とか、それこそ鳩に豆鉄砲のひとたちが控えているんだろう。

そう考えるとさ、つまりセレブのSNSと比べると（比べるほうが無茶だけど）、あと映画『鳩の撃退法』の情報発信力や話題性と比べても、佐藤正午が書くものに関心を持ってるひとの数なんて、最初からたかが知れてるでしょう。謙遜でも、自虐でもなくて。WEBきららのこの連載を読んでいるひとの数なんて、「ま、誰も読んでないだろうけど」って言ってしまってもあながち間違いではない、そのくらい小さな数でしょう。

ただね、注意してほしいのは（今後ドキッとしないためにオオキくんに知っていてほしいのは）その小さな数を、僕はとくべつ不満に思っているわけではないんだね。もっと大きな数にするべく、何とかせねばならんな！　なんて思っているわけではない。そういうのはないんだ。若いときからあんまりなかったように思う。いまもない。だってもともと小説やエッセイの本を読むひとって少ないんだよ。僕のまわりを見渡すとね、出版される佐藤正午の本に、僕ほど関心を持っているひとは一人もいない。昔からずっとそのことには気づいてた。ま、本なんかに関心のないひととばっかり僕がつきあってきたって事情もあるだろうけど。

でも、本なんかに関心のないひとに囲まれてる環境は、それはそれで、心のゆとりを作家にもたらす場合もある。仮にまわりが本を読むひとだらけだったら――たとえば出版社で働いているひとなんかはそういう環境になるかと思うんだけど――みんな詳しいわけでしょう、本の情報に。本が話題の中心でしょう。すると新刊本が出たのに、まわりの誰もその話に触れてくれないとか、読んでくれた気配すらないとか、実際のところ売れ行きも伸びないしな、とかなったときにさ、「誰も読んでないだろう」がまさに文字通りの「読者の数はゼロ人」って錯覚にとらわれてしまわないか。しまうんじゃないか？　この世の終わりみたいに深刻に。

一方で、まわりが本を読まないひとだらけだと――若い頃に僕が親しんでいた環境では、まわりはギャンブルやるひとだらけ、金銭問題や家庭問題でしくじるひとだらけだったんだけどね――ま、しょうがないな、新刊本が出たことを身近なこの人たちが知らないんだから、そりゃ見ず知らずの他人は誰も知らないだろうし、読みもしないよな、みんな忙しいからな、それぞれトラブル抱えて、読書の時間なんて作れないよな、と肩の力が抜けて、諦めもつくし、いっそさっぱりして、悟りも開けるんだよ。極論すれば、僕が書いたものも、僕以外の作家が書いたものも、そもそも本なんて誰も読まないいんだと。

あと、まわりが本を読むひとだらけの環境の場合、ともすれば逆向きの錯覚、勘違いも起こりうるよね。その点にも気をつけなきゃいけない。つまり、みんながその話をするんだよ、こんど出た新刊本の話を。読みましたよ、面白かったですよと言って盛り上がるんだよ。本を読むひとだらけの、いわば身内の環境の中で。するとそれが外の世界にまで通用するような勘違いが起きる。身内だけじゃなくてよそも盛り上がってるみたいな。そこらじゅうその本の話題でもちきりみたいな。

僕だって、たとえば新刊が出たら担当編集者と頻繁に話すでしょう、担当編集者ってハトゲキの場合ならオオキくんだけど、やっぱりいいことしか言わないでしょう、評判上々です、とか、売り上げも出足なかなか好調です、とかね、そこへ他社の編集者から電話がかかって、めちゃくちゃ面白いじゃないですかハトゲキ！　とかおだてられるでしょう、雑誌に書評がばんばん載るでしょう、インタビュー取材に記者が来るでしょう、テレビの情報番組で取り上げられたりもするでしょう、それで勘違いしかけるんだよね。これはもう国をあげてハトゲキの話題で盛り上がってるんじゃないか？　いまやハトゲキのことを知らない人間なんてどこにもいないんじゃないか？　そんなこたない。あり得ないよ。たとえ、売れに売れて百万部刷った本があったとしてもね、ハトゲキが仮にそうだったとしてもだよ、日本の総人口を考えれば、まだまだ一億人以上の人たちに読まれず、関心も持たれず、知られてもいないだろう、という計算になる。ちょっと考えればわかる。

　ま僕の場合は、まわりがまわりだから、秒でわれに返る。盛り上がってるのは出版業界の身内・関係者と呼べる人たちだけで、よそはいままで通り、静まり返ってることに気づく。波音ひとつ立っていない。いまから三十何年か前にデビュー作の本が出て、そこそこ注目を浴びて以来、ずっとそのことには気づいている。気づきながら長年やってきたからね、とうに悟りを開いている。日本語が読めて、しかも本を読むひとの中の、ほんの一部にしか佐藤正午の名前は知られていない。名前を知っているひとの中の、そのまたほんの一部にしか佐藤正午の本は読まれていない。そして誰の本であろうと、本を読むひとの数は、もともとそんなに多くない。

　結論。

　いわんや、WEBきららのロングインタビューの読者数においてをや。

☜

　電話でゲラの直しの指示を終えたあと、僕がたまに口にする（オオキくんには冗談ぽくも聞こえる）決まり文句、

「ま、誰も読んでないだろうけど」

　これが本音だと最初に言ったのは、概《おおむ》ねそういう意味なんだ。これを聞かされるた

びに「ドキッとしてる」オオキくんには申し訳ないけど、僕としては別に、ひとを驚かせるようなことを口にしてるつもりはないし、このロングインタビューの読者が実質0人だとか悲観しているのでもない。そこまで悲観するくらいなら、わざわざ電話でゲラの直しなんか伝えるわけがない。

そういえばひとつ思い出したことがある。

こないだ岐阜競輪場で開催されたGⅡ、共同通信社杯、あれが始まる何日か前に、ワッキー欠場のニュース速報が流れて、競輪ファンのあいだに衝撃が走ったでしょう。……まあ、ここでいう競輪ファンて、オオキくんと僕の二人のことで、衝撃というのはオオキくんから速報を伝え聞いたその晩の僕の気持ちのことだけどさ、ワッキーの愛称で親しまれている現役最強選手、脇本雄太が、直前のGⅢをパーフェクトで優勝しているあの脇本雄太が、共同通信社杯を欠場する。それがどれほど大きな意味を持つのか(ワッキー軸で車券を買う気満々でいた競輪ファンにとって!)、その話を誰かにしたくて、横を見たら、そのとき家族が卵かけご飯を食べてたんだよ。ヒラ飼いの鶏が産んだ卵はやっぱりひと味違うね、とか言いながら。

それ見て、無理だなと思った。競輪をまったくやらないし関心も持たないひとにどう話をしても伝わらないな。だいいちワッキーの顔も知らないだろうしな。

でね、この「ワッキーの顔も知らないだろうしな」という競輪ファンの嘆きと、WEBきららのロングインタビューを「ま、誰も読んでないだろうけど」と言ってしまえる作家の悟りには、相通じるものがあるような気がする、その背景に。背景って、競輪業界と出版業界のことだけどね。もちろんワッキーの顔は競輪ファンならみんな知ってるよ。でもさ、そのみんながね、みんなの絶対数が小さいでしょう、本を読むひとたちみんな、て言うときのみんなの数に似て。だから僕流の表現にあえて言い換えさせてもらえば、やっぱり、ワッキーの顔は誰も知らないんだよ。ワッキーの顔を誰も知らない、と言うときと近い意味で、このロングインタビューの連載は誰も読んでいない、つまりはそういうことなんだよ。

件名：見ず知らずのひと

264
オオキ
2021/10/14
13:20

前回の「誰も読まない」と半ば強引にこじつけて、「誰が読んでるかわからない」問題にも、近ごろオオキは直面しています。
正午さんに話しそびれていたんですが、今年の夏、こんなことがありました。

オオキはその日、職場から一本でんわをかけました。もちろん業務上のでんわです。相手は書店関係のかたで、でもお会いしたこともなければでんわで話すのも初めての、いわば見ず知らずのひとです。受話器の呼び出し音を耳にしながら軽く咳払《せきばら》いしているると、すぐに応答する声が聞こえました。オオキの口上は、だいたいこんな感じです。いつもお世話になっております、小学館で小説の編集をしておりますオオキと申します、お忙しいところすみま……

「オオキさんて、あのオオキさんですか？」

あの？　不意をつかれて、頭のなかが一瞬空っぽになりました。「あの」に傍点つけましたけど、ほんとにそこを強調しているように聞こえたんです。「あのオオキ」が「どのオオキ」を指しているのかは、ほかに身に覚えがありません。あちこちで名前を売ってるような目立ちたがり屋じゃありませんからね。「あのオオキ」と言われたら、あの『WEBきらら』で連載中の、あの佐藤正午の「ロングインタビュー」で、あの質問メールを毎月書いて送ってる「あのオオキ」、でまちがいありません。

「はい、あのオオキです」

と、でんわ口では（少しでもウケてくれればいいと思って）ぬけぬけと答えるしかなかったんですけど、そうか、この連載のオオキメールを読んでくれてるひとがいるんだ、うれしい反面ちょっと気恥ずかしいなぁ、とかいまさら言うつもりもないんですけど、そのとき痛感したんです、「誰が読んでるかわからない」ということを。

オオキにとっては、かなり貴重な体験でしたが、正午さんにとってはどうなのでしょう？　見ず知らずのひとから「あの佐藤さんですか？」とか訊ねられるのは慣れっこですか？　いつだったか佐世保でご一緒していたときに、体育文化館前の公園で、「小説家の佐藤正午さんですよね？」と声をかけられましたよね。そういうときの対応も、とうに悟りを開いているんでしょうか？

あと「誰が読んでるかわからない」状況って、冷静に考えてみると少しキケンですよね？　たとえば、前回のメールで正午さんが「ヒラ飼いの鶏が産んだ卵はやっぱりひと味違うね」という台詞を言わせていた「家族」のくだり。いや、オオキは読んでて笑っちゃったんですけど、前々回では「相手が誰であれ、実在の人物のことを書くときには遠慮が働く」といった言葉があったばかりです。もしそのご家族の知り合い（正午さんの知らないかた）が前回の連載をたまたま読んでて、佐藤家の食卓情報がブーメラン的にご家族の耳に入ったりしたら、家庭内の火種になる可能性だってあるわけですよね、どうしてあんなこと書いたんだ！　みたいな。そういう心配が「誰が読んでるかわからない」状況下にはありませんか？　ここまで書いちゃってだいじょうぶスか？　くらいは担当編集者から確認しといたほうがよかったですか？

ここまでなら書いても平気、見ず知らずの誰かに読まれてもだいじょうぶ、でもこれ以上書いてしまうとマズいかも、といった判断も、正午さんならある種の悟りを開いていると信じていますが、「これ以上書いてしまうとマズいかも」のほうには、これまでのキャリアで泣く泣く書かなかったおもしろい話題がたくさんあるんじゃないかと想像します。その話題の輪郭だけでも、いま、ここで訊くことは可能ですか？

265
佐藤
2021/10/24
12:23

件名：悟り

見ず知らずのひとから「あの佐藤さんですか？」とか訊ねられるのは慣れっこ、なわけないよ。
たしかに一度、地元の佐世保で、オオキくんと一緒に歩いているときに「小説家の佐藤正午さんですよね？」と声をかけられたことはあったよ。僕も憶えてる。その話、九月に出た『書くインタビュー4』の中でもオオキくん書いてるしね（194）、これで二度目だよ、読まされるの。だからよけい憶えてる。僕らだけじゃなくてもう校正担当のひとも憶えたんじゃないか？

ただあれは時期が時期だったと思うんだ。時期が時期だったっていうのは、『書くインタビュー4』で東根ユミさんが「佐藤正午騒動」と名付けている件があってさ（✉165）、その余波が、ぎり消えずに残っていた時期、佐世保在住の「小説家の佐藤正午さん」がローカルニュースを大いに賑《にぎ》わせて、いちやく時の人になって注目をあびて、それからまた元通りすっかり地味で目立たない人におちつくまでの時期、その終わりがけだね。だからまあ、あれは特別だよ。ぎり特別な時期にオオキくんが佐世保に来て、たまたま特別な場面を目撃したってだけの話。

当時はね、ほかにも何回か声をかけられたことがあった。記憶では三、四回あった。二〇一七年夏から翌年にかけて、まるまる一年くらいのあいだに。そのうち一回は、ポケモン捕まえながら川沿いの道を歩いてたら、むこうから来る犬を連れたおばさんが（おばさんといっても僕よりはだいぶ若いんだけど）、急に足をとめて、待ち構えて、

「あの、失礼ですが佐藤正午さんですか、作家の？」と訊ねた。

「はい」

「ああ、やっぱり。このたびは芥川賞おめでとうございます！」

「あ、いえ、どうも」

「あれ」微妙な空気を感じたのかおばさんは迷った。「あっ、ごめんなさい、直木賞

でした？」

「あっ、いえいえ」一瞬だけど僕もどっちだったか迷った。「いいんです、いいんです」

「ですよね？ 芥川賞ですよね。ごめんなさい、なんだか緊張しちゃって。こんなところで会えるとは思ってなかったので。これからも頑張ってくださいね！」

「はい、どうも、ご丁寧にありがとうございます」

そんなやりとりになったのを憶えている。

これ作り話じゃないよ。ぜんぜん盛ってない。

で、このぜんぜん盛ってない実話の中に、見ず知らずのひとを前にしたときの、作家佐藤正午の悟りみたいなものが垣間見える、と言えば言えるかも、とも僕は思うんだけど、オオキくんはどう思う。

ともかくね、特別だったその時期を除けば、見ず知らずのひとから声をかけられる機会なんてそうそうないよ。

むしろ反対に、見ず知らずのひとに対して、こちらから自分が何者であるかを説明しなければならない機会、のほうが回数としては多かった気がする。

最初の本『永遠の1／2』が出てから十年ぐらい経った頃だったかな、ある役所のひとと、どうしても面談しなければならない状況に追いこまれてね、自宅に来られるのも嫌だしこっちから出向いていって、役所の机はさんで向かい合って話したんだけど、そのときにむこうが、僕の記入した書類を指でトントンと叩《たた》いて、

「この職業の欄に、文筆業、とあるのは具体的にどのようなお仕事をなさってるんでしょう」と訊ねた。

「えーと、おもに小説を書いてるんですが」と僕は答えた。

　すると相手は、

「ほう？」

　とちょっと珍しい話を聞いたような声をあげて、それからこう言った（この通りに言ったわけではないけれど、僕の耳にはこんなニュアンスで伝わった）。

「そうなん、にいちゃん、小説家なん？　小説ならワシもよ、ぜんぜん読まんこともねえし、知っとるかもよ？　なんちゅう名前なん？　ペンネームあるやろ」

「さとう・しょうご、です。苗字は本名の佐藤に、しょうごの漢字は、正しいに、午前午後の午で、正午ですね」

「知らんな」

「ああ、そうですか、そうですよね」

「なんちゅう小説書いとるん、題名言うてみ」

「いやあ、言っても絶対知らないと思うけど」

「ものは試しよ」

「じゃあ、『彼女について知ることのすべて』」

「知らんな」

「……あの、タバコ一本吸ってもいいですか？」

「いいわけあるかい。まわり見てみ、役所やぞここ。ほいで、その彼女のどうたらこうたらいう小説、それはどんな内容なん？ かいつまんで言うてみ」

「かいつまんで」

「おう、こっちも忙しいでな、だらだらにいちゃんの相手しとられんのよ。かいつまんで頼むわ」

僕は腕組みして、うーんと唸《うな》った。『彼女について知ることのすべて』という新刊の長編小説をどうかいつまめばいいんだろう？ 相手はボールペンで何やらメモをとりながら僕をうながした。

「言えんのか。言えるじゃろ小説の内容。にいちゃんがな、自分で書いた小説の内容を言えばいいんじゃ。恋愛小説とか、推理小説とか、時代小説とかあるじゃろ。ホラー小説とかもあるな、『リング』とかな」

「ああ。じゃ恋愛小説で」

「うん？」と相手がメモ用紙から顔をあげた。「にいちゃん、恋愛小説書いとるんか？

そういう顔には見えんが。ほんまか？　そしたら、恋愛小説家なんか？　ならそうメモしとくが、いいんかいそれで？　ファイナルアンサーか？」

「はい」

これも作り話じゃないよ。相手の話し言葉以外の部分はぜんぜん盛ってない。で、この相手の言葉遣いに（のみ）大幅にアレンジを加えた実話の中に、見ず知らずのひとに対しての、作家佐藤正午の悟りというか諦観《ていかん》というか、その萌芽みたいなものがすでに見てとれる、とも僕は思うんだけど、オオキくんはどう思う。

ともかくこれ以降も（たぶん以前にも）ね、何度も似たような状況に置かれたことがあったんだけど、そのたびに、

Q．佐藤さん、お仕事は何されてるんですか？
A．文筆業といいますか、おもに小説を書いてるんですが。
Q．それって、小説家とどう違うんですか。
A．同じですね。
Q．佐藤さん、小説家なんだ？　意外ですね。見えませんね。ペンネームは何ていうんですか？
A．言っても知らないと思いますよ。

Q. 教えてくださいよ。
A. さとう・しょうご、です。苗字は本名の佐藤に、しょうごの漢字は、正しいに、午前午後の午で、正午ですね。
Q. はあ。それで？　いったいどんな小説書いてるんですか？　わたしもできれば読んでみたいです。
A. 恋愛小説ですね。
Q. これまた意外ですね！　佐藤さん、ラブストーリー書いてるんですか！　すごく興味あります、いままで書かれたもの、ぜひわたしにも読ませてください。
A. 買って読んでみてください、本屋さんで。
Q. えっ！　売ってるんですか？　佐藤さんの小説、ふつうに本屋さんで？　大野モールの金明堂とかで？

ほぼほぼこんな感じのやりとりを繰り返してきたんだよ。一九八三年（か四年か）のデビュー以来、何回も何回も何回も、見ず知らずのひとたちとは。

だから慣れっこと言うならこっちのほうが慣れっこでね、この手のやりとりを繰り返すうちに、作家佐藤正午の悟りの境地はだんだんと開けていったんじゃないかと思うよ。地元佐世保ですら佐藤正午の名前は誰にも知られていないんだ、と。それがあたりまえなんだと。というかそもそも誰も本になった小説になんか関心はないんだ、と。袖振り合うも他生の縁で関心が生まれたとしても、わざわざ分厚い本を買って読んだりはしないんだと。

　これでオオキくんのメールにあった質問のひとつには答えたことになるんじゃないか（なるよね？）。

　で、もうひとつの、

　ＷＥＢなり紙媒体なりに掲載された文章は、「誰が読んでるかわからない」状況下にあって、それは少しキケンなことではないか？

　という主旨の質問については（そういう質問だよね？）、少しキケンはキケンなのかもしれないけど、でもそれはあたり前だよね、と答えるしかない。

　前回も書いたように「ま、誰も読んでないだろう」と言ってしまえる作家の悟りは、「読者の数はゼロに違いない」という悲観とはまったく別物だからさ、てことは、読んでくれてるひとは、作家の頭の中では、どこかにいるわけだよ。数の大小に関係なく、読者はいるんだ。そう思って書いてるはずなんだよ。

　作家はさ、作家にかぎらずものを書くひとは、「見ず知らずの誰かに読まれてもだいじょうぶ」な文章を常々心がけて書いている、というより、順番は逆で、まず「見ず知らずの誰かに読んでもらいたいから」「読んでもらうために」文章を書いているわけでしょう。たぶんその順番だと思うよ。そもそも名前も知らないどこかの誰かに読まれる前提で書いているわけだから、誰だかわからないひとたちに「読まれてもだいじょうぶ」なのか？　なんて、ものを書くひとが心配していては本末転倒じゃないの？　自分が書いたものを他人に読んでほしい、けど、読まれるのは心配、ってなんか矛盾してるでしょう。

もし「誰が読んでるかわからない」のがキケンだというなら、ものを書くひとは、自分から好んでそのキケンを求めてるんだよ。文章を書くという行為は、最初から、キケンを養分として欲しているんだよ。……とか書いてしまって、ほんとかよ？　っていま自分でも若干思ったんだけど、この話の流れではそうなるよね。ならないかな。ならないと思うなら、オオキくんが次回のメールでどこがおかしいか指摘してくれ。

あと、それよりかさ、「ヒラ飼いの鶏が産んだ卵はやっぱりひと味違うね」と家族に言わせるのがそんなにキケンか？　僕にはそのキケン度がよくわからないんだよ。マジでわからない。書いてるときも、書いたあと読み返したときも特にキケンとは感じなかったんだよ。でもオオキくんがそう感じるならそうかもしれない。僕のほうが年取ってモーロクしてキケンの感知度が鈍っているのかもしれない。最近ますます弱気になってるんだ。若い人が「そう感じる」ことを僕はもう同じようには、同じようにとは欲張らないまでもそれに近いようにも、感じられなくなってるんじゃないか、つまり僕の感覚はズレてしまってるんじゃないか。そんなんで小説書いててだいじょうぶか？　とかね。やっぱり「ヒラ飼いの鶏」は書き過ぎたかな。余計だったかな。ただの卵かけご飯がよかったか？　そこらへんどうなんだろう？　オオキくんどう思う。いまのうちに家族にごめんと謝っといたほうが無難か？

266
オオキ
2021/11/11
22:55

件名：こう思います

正午さん、何回「オオキくん（は）どう思う」って訊いてるんスか。数えてみたら3回訊いてますよ、先月のメールで。

どう思う、って訊かれても、はじめから2つ（見ず知らずのひとに声をかけられたときの対応と、見ず知らずのひとに職業を説明するときの対応）は、そのとおりだと思いましたよ。どちらのエピソードも、オオキが知ってる正午さんの姿そのまんま、作家佐藤正午の悟りのようなものがうかがえました。「芥川賞おめでとうございます！」と言われた現場にもしオオキがいても、決して口ははさまないはずです。仮にそこで誰かが「ノーベル物理学賞でしたよね」みたいなジョークを飛ばしたとしても、作家佐藤正午の悟りはたぶん笑って受け流してくれるんじゃないですかね？

残った「どう思う」は、「ヒラ飼いの鶏が産んだ卵はやっぱりひと味違うね」と家族に言わせるキケン度がよくわからない、そんな「僕の感覚」はズレてしまってるんじゃないか、といったことでした。

こちらはどう思うもこう思うも、そもそもオオキは、正午さんがご家族と良好な関係なのかどうかを知りません。知らないからこそ、家庭内の火種になる可能性もあるんじゃないかと推測しました。ですから、いまのうちに謝っといたほうが無難かどうかも正直わかりません。でもこれだと「最近ますます弱気になってる」正午さんを突き放しているようにも感じるんで、ひとつ提案します。

タイミングを見計らって、ためしに謝ってみてはどうでしょうか？　で、え？　いまさら？　そういうのはとっくに腹をくくってる的な反応でしたら儲《もう》けものです。キケンの感知が不要なくらい正午さんの書き仕事がご家族のあいだで理解されているわけですから、正午さんの感覚もズレてはいないことになりますよね？　なりませんかね？　逆に火に油をそそぐような事態に発展したら、ぜんぶオオキのせいにしてください。ゲラで直そうとしたけど、編集者がこのままのほうが面白いって言って聞かなかった、強情なやつだ、とかなんとか話をでっちあげて。

この提案、どうですか？　弱気な正午さんでもトライできそうですか？　話をでっちあげて、といま書きましたけど、ただの卵かけごはんよりも「ヒラ飼いの鶏が産んだ卵」のほうが、あの文脈のなかでだんぜん面白く読めたのは事実です。でも考えてみると、これもオオキ個人の感覚にすぎないですよね。編集者としては、読者がどう感じるかにも目をむけたほうがいいんでしょうし、たとえば、おなじ職場で働く同僚でも、ただの卵かけごはんのほうがいいと考える編集者も（たぶん）いるでしょう。なかには「オオキさーん、ヒラ飼いってなんですか」と堂々と訊いてくるツワモノもいるかもしれません（辞書を引いてください）。ついでに書けば、担当作家を相手に毎月あんな言葉づかいのメールを送って、オオキてやつは同じ編集者の風上にも置けん！　けしからん！　とどこかで思われていても不思議ではありません。

そんなオオキにとって、感覚はズレていて当然のもの、です。正午さんはどう思いますか？　それから最後にもうひとつ。前回のメールを読んでて少しわかりづらかった部分があるんです。引用しますね、ここです。

若い人が「そう感じる」ことを僕はもう同じようには、同じようにとは欲張らないまでもそれに近いようにも、感じられなくなってるんじゃないか、つまり僕の感覚はズレてしまってるんじゃないか。そんなんで小説書いててだいじょうぶか？　とかね。

はじめは、（まさか）若い読者からの「共感」みたいなものを求めているのか、と思ったんですが、そのうち別のとらえ方もできました。正午さんがここで書いた「若い人」とは、若い読者のことですか？　それともいま小説に描いている（？）若い登場人物のことですか？　いっそ欲張ってどっちもですか？

267
佐藤
2021/11/22
12:23

件名：若い人（のうちの、どこかにいる誰か）

こないだ、十月の終わりに衆議院議員選挙があったでしょう。あれ僕、投票に行ってきたんだよ。投票日前日の土曜日、外に出る用事があったからついでに、期日前投票というのをしてきた。一緒に出かけた家族に勧められたこともあったんだけど、自分でも、一有権者としてやるべきことはやっといたほうがいいかなと思って。あと期日前投票がどんなものかいっぺん体験してみたいっていうのもあったし。

　ところが選挙後、投票率が全国的に低かった、とくに若い人の投票率がかなり低かったって数字が出たでしょう。それで僕はちょっとがっかりしたんだ。投票に行かなかった若い人にじゃないよ。……こんな話をするとバカに聞こえるだろうけど、事実そう思ったことを書いてしまうと、僕は、ふつうに投票に行った自分にちょっとがっかりした。今回の選挙で、いまさらながらに、自分はもう若い人の側ではないんだなと――今年66にもなっておきながら――教えられた気がした。だって若い人の半分以上は投票に行ってないんだからね。それが世の中の若い人の本流なわけでしょう。若い人っていうのは、ここでは、僕の都合で「三十六歳以下」の年齢層を念頭に置いてるんだけど、かつては僕もその本流を一緒に泳いでたんだよ。けどいまはだいぶコースを逸れてしまった。そんな寂しい気持ちになった、投票したことで。……期日前投票なんかしなければよかった。

　自分ではいつまでも若い気でいてもね、いつまでも若い気でいる高齢者と、本物の若い人との選挙における行動は違うんだね。そりゃ違うよね。

　期日前投票？　一有権者として？　やるべきことはやっといたほうがいい？　なんだよそれ？　ほんとに自分の頭で考えて、そう思ってるのか？　な、自分？　って昔の僕なら言っただろう。……このへんから前回の続きみたいになってくる。「最近ますます弱気」の話になってくる。……そうだよなあ。以前はこんなことはなかったなあ。選挙とか気づいたらもう終わってたのになあ。あれ今日投票日だった？　それがなんと、期日前投票？　選挙権の行使？　一票を無駄にするな？　なんだかなあ。年とって死んだ親父に似てきたのかなあ。

同じころ、テレビで字幕つきのアメリカ映画を一本見た。だいぶ前に録画して、でもタイミングが合わずにほっといたのを、見ないで消去するのももったいないからざっと見た。『アメリカン・プレジデント』というタイトルの映画。マイケル・ダグラスが独身の大統領役で、その恋人役がアネット・ベニング。見てたら途中で、マイケル・ダグラスの大統領が奇妙な台詞をしゃべった。
しゃべったっていうか、その台詞の字幕をね、僕は読んだ。テレビからけっこう離れた距離から見てたんだよ。キッチンの換気扇の下で、椅子に腰かけてタバコ吸いながら。換気扇も強でまわってるし音声は聞き取れなくても、かろうじて字幕は読み取れる、そのくらいの距離で。場面は大統領執務室（というのかな？）、そこに大統領とアネット・ベニングがいて、窓越しに外の景色が見える。突如轟音《ごうおん》（たぶん）とともにその窓の外に何かが現れる。窓に切り取られた景色の中で樹々がわさわさと揺れる。何が現れたのかわからない。大統領が一言、台詞をしゃべる。

「私の足だ」

その字幕を読んで、僕は少しだけ身を乗り出した。えっ、どこに足が？　と思ってテレビ画面の、窓の景色に目をこらした。

……そのとき『進撃の巨人』みたいな展開を連想したんだよ。『進撃の巨人』てよくは知らないんだけどさ、ともかく窓の外で、巨人の足がドシン！　と大地を踏みつけるのを見逃すまいと思った。そうか、これはそういう映画だったのか！　とも思った。……ほんの何秒かの勘違いだったけどね。すぐに「私の足」というのは「私の移動手段」のことで、要するに大統領専用機のヘリコプターが降りてきたんだとわかったんだけど。

でもその、ほんの何秒かが許せなかった。「私の足」を文字どおり人体の足のことだと誤解してから、字幕の意味を正しくつかみ直すまでにかかった何秒かが。その反射神経のにぶさに、このときも自分で自分にがっかりした。……ぱっと見てわからないか？　な、状況設定からしてヘリコプターが飛んできたんだとわからないか。この手の映画ならいままで数知れず見てきただろう。でももう、ついていけないのか。そうなのか？　年はとりたくないなあ、おじいちゃん？

☜

そういう出来事が毎日毎日、一つ一つ積み重なって、弱気の虫を連れてくるんだよ。

若い人が「そう感じる」ことを僕はもう同じようには、同じようにとは欲張らないまでもそれに近いようにも、感じられなくなってるんじゃないか。そんなんで小説書いててだいじょうぶか？　とかね。

☜

本物の若い人だったころ、僕はたくさん小説を読んだ。

いまの時代にもたくさん小説を読んでいる若い人はいるだろう。

大勢ではなくても、昔の僕みたいな若い人はいるだろう。

で、その若い人に向けて、実は僕は小説を書いているようなところがあるんだ。最近になってそのことに気づいたというんじゃなくてね、それはもうずっと昔からそうだったんだよ。

本物の若い人だったころに僕が読んだ小説、読みふけった小説、夢中になった小説、影響を受けた小説、なんでもいいけど、それらの小説を書いた小説家たちは一世代上、だいたい僕よりも三十歳くらい年長の人たちだったんだね。ほぼ例外なくそうだった。たとえばそれは「誰と誰と誰」とかいちいち小説家名をあげるのもちょっとアレだから、ちょっとアレだからというのは、そこまで素直に正直にはなれないから、ひとりだけ、前にもここで触れたことのある思い出の小説家、高校のときによく読んでいた吉行淳之介を例にとると、彼と僕の年齢差がちょうどそのくらいになる。

　でね、その年齢差に注目して、それを小説家と、小説家にとっての未知の読者との、理想的な関係のあり方だとする。小説の理想的な読まれ方の、年齢差の「公式」だと考えてみる。

　簡単に説明すると、

吉行淳之介（一九二四年生まれ）——未知の読者である僕（一九五五年生まれ）
佐藤正午（一九五五年生まれ）——未知の読者（一九八五年以降生まれ）

　こんなふうになるんだね。

　まあ細かい点にこだわれば、なぜ佐藤正午にとっての未知の読者が一九八五年生まれでも一九八六年生まれでもなく、一九八五年以降生まれと幅を持つのか、そのへんは自分でもよくわからない。もちろん何の根拠もないんだよ、でもこの独自に打ち立てた公式を、僕は一九八三年（だったか八四年だったか）に小説家デビューしたときから意識していた。

　つまりさ、この公式に拠《よ》ると、最初の小説『永遠の1／2』が出版された時点では、まだ「佐藤正午の読者はこの世に生まれていない」ということになる。実際そう考えてたんだよ。冗談なんかじゃなくて、その後も、常に頭のどこかにその考えがあった。一九九〇年代に入って、『放蕩記』や、『彼女について知ることのすべて』や、『取り扱い注意』や、『Y』を書いて、どれも連載じゃないから原稿料もないまま書いて、あげく本になってもどうも読者に相手にされてないようだな？　と気づいていた時代にもね、

『放蕩記』（一九九一年刊行）――未知の読者はまだ六歳以下で、日本語もろくに知らない子供だからな。

とか、

『彼女について知ることのすべて』（一九九五年刊行）――言ってもまだ先頭が十歳だし、小説読む年齢じゃないだろう。

とか、

『取り扱い注意』（一九九六年刊行）――まだまだだな。みんなまだ子供だな。

とか、

『Y』（一九九八年刊行）――先頭が十三歳か。中学生か。そろそろ聞こえてくるな、最初の読者の足音が。

とか、自分に言い聞かせながら、我慢我慢でずっと小説を書いていたような気がする。

とは言ってもこの公式は、小説が大勢の人に読まれるとか読まれないとか、そんな

こととはまったく関係ないんだよ。ただ三十歳以上年のはなれた読者がこの世に登場してくれれば、その中に、ひとりでもふたりでも、佐藤正午の良き読者が現れるだろう、という期待だね。……良き読者って、自分でもこの言葉どうかと思うけど、ひらたく言い直せば、高校時代の僕が吉行淳之介に対してそうだったように、佐藤正午の書いたもの／書くものは全部読んでみたいと思うような、そんな熱心な若い人がきっと出てくるはずだ、という期待。それに賭けていたということだね。

その期待が現実になるのを見届けることはできないけどさ。だってそのひとりかふたりかは――仮にいたとしても――未知の読者だからね、吉行淳之介にとっての僕自身がそうであったように。小説家の知らないどこかで小説を読んでいるはずだから。ただ、そういう若い人が必ず出てくるという未来に自分で賭けるからには、小説家としてあるていど息長く活動して、その若い人のために小説を用意しておかなければならないでしょう。だから本が売れないからって諦めるわけにいかない、続けるしかない、たぶん自分にそう言い聞かせて、一九九〇年代、なかなか読者のつかない小説を我慢我慢で書いていたと、いま思えばそういうことなんだよ。

まあ、なかなか読者がつかないということを言えば、九〇年代でも、のちの年代でも、いま現在も、それはずっと続いているようなものだけど。

で？

で、選挙の話から始まって、どこに着地していいのかわからなくなってきたけどさ、結局ね、いまでも僕は相変わらず公式をあてにして、若い人（のうちの、どこかにいる誰か）に賭けてるんだ。そういうところがある。いまの年齢だと三十六歳以下、その人たちだけに向けて小説を書いてるって意味じゃないよ。そうじゃないんだけど、たとえばどこかに、ハトゲキを徹夜で読みあげて、ぼーっとした頭で文庫本カバーの著者名を見返している誰かがいるとするでしょう、佐藤正午かあ、この人の本、もっと読んでみるかな、とかね、そうすると、その誰かは僕の想像ではどうしても若い人の顔をしてるんだ。

……あたりまえか。小説を徹夜して読んだりするのは若い人（のうちの、どこかにいる誰か）に決まってるか。

ただその、若い人（のうちの、どこかにいる誰か）の感覚と、近ごろの僕の感覚は大いにズレていないか？　年とってズレるのは当然だとしても、その大いなるズレを意識しながら小説を書いていけるのか？　それってなんか無理ゲーっぽくないか？というのが前回から続いている問題なんだね。ハトゲキの話じゃなくて、いまの話だよ。いま僕が書いている小説は、どこかにいる誰かに届くんだろうか？　たとえばまだ小説を書き出す前の、昔の僕自身とよく似た誰かに、いつか徹夜して読んでもらえるんだろうか。そのことをまだ想像できるか。いまでもその想像に賭けられるのか？要は九〇年代に我慢我慢で続けていた小説書きの仕事、それと同じことができるのか？ という問いに即座に答えられなくなっている自分に、ある日気づく。いまでもあてにしている公式が、土台からぐらついている音が聞こえる。ふつうに期日前投票をして、あとから投票率の低さに驚いたときとか、映画の字幕の意味を取り違えて、あまりのお粗末さに愕然《がくぜん》としたときとかに。こないだから僕が言ってる「ますます」の弱気って、そういうことなんだ。

……というか、選挙の話から始まってのこの着地、このメールの回答こそがそもそも無理ゲーだったか？ 無理ゲーって言葉、意味もちゃんと調べずに今日初めて使ってみてるんだけど、使い方は合ってるか。

件名：原体験

268
オオキ
2021/12/13
12:31

『正午派』を編集しているとき、10年以上前になりますけど、正午さんの全著作を揃える必要がありました。それを撮影して年譜に載せるためです。自宅の本棚に正午さんの作品は並んでいたものの、文庫版があるだけで単行本は持っていない、といった抜けが何点かあったんです。そこで重宝したのが、ネット古書店でした。撮影用なのでなるべく「美品」、念のため「オビ有」を注文して、数日後にはすべて揃いました。そのときしみじみと痛感したんです、便利だよなぁ、と。あとこんなふうにも思いました。自分が10代のころ、こういう環境だったらなぁ。

10代のころって、こちらは35年前のことですけど、正午さんにコレ話してないはずですけど、中学1年のオオキはある作家の名前が気になりだしました。きっかけは、担任のT先生が学級文庫に持ち込んだ大判の本でした。小説ではありません、というか当時のオオキは、小説とエッセイの区別さえわかってなかったはずです。そういうことはまったく気にせず、休み時間に教室の片隅でこっそり、でも夢中になって読みました。アマゾンの奥地で著者らしきおじさんが、ナマズみたいなでかい魚を釣り上げている写真に目を奪われたせいもあるかもしれません。書かれている内容や文章にも妙に興味をひかれました。このおじさん、何者なんだ？　もちろん夏目漱石とか芥川龍之介といった作家の名前は教科書なんかで目にしていたはずですが、このとき、たぶん人生で初めて、「この作家の本をもっと読んでみたい」と思ったんですね。

正午さんは以前このインタビューで、高校生のころ吉行淳之介さんの小説やエッセイを文庫本で読みまくり、そのあと友人としてエッセイに名前の出てくる安岡章太郎さんの本も読んだ、といったことを語っていました（✉147）。そもそも吉行淳之介さんの本を読むようになったのには、どんなきっかけがあったんでしょう。最初の作家とは、どんなふうに出会いましたか？　読みたいと思った作家の本は、そのころ近所の書店ですぐに手に入りましたか？

ばかなオオキは当時、目当ての本を探す方法、手に入れる術《すべ》をぜんぜん知りませんでした。T先生に「カイコウタケシの本をもっと読んでみたい」なんて恥ずかしくて言えないし、家族や友人には読書の習慣がない。駅前商店街の小さな書店に並ぶのはコミックや雑誌がほとんどで、それらしき本を見つけられない、現在の大型店舗みたいに在庫の検索機なんてあるわきゃないし、店頭で本を注文できるなんてことも中1のオオキは知らない、新刊がいつ出るのかも知らないし、街はずれの古本屋にはエロ本しか置いてない、そんな環境でした。いまのオオキから彼に伝えたいのは、だったら学校の図書室か街の図書館へ行け！　ってことなんですけど、そういう発想じたいなかったんですね、ばかだから。

それでも、当時たまに買っていた『週刊プレイボーイ』で、40歳くらい年上の作家はエッセイを連載していました。グラビア目当てだったんで、はじめのうちは作家のページに気づかなかったんスけどね。憶えています。「風が吹けば桶屋《おけや》が儲かる」という言い回しや意味を学んだのも、「潮吹き」という言葉や不思議な現象を童貞のオオキに教えてくれたのも、開高健さんのその連載でした。

数年後、高校生になってからようやく小説も（図書館で単行本を借りて）読みはじめ、度肝を抜かれ、見たこともない世界に連れていかれました。それらの小説が（執筆当時の）若い人の感覚を意識して書かれたものだったか、なんて作家本人に訊かないとわかりませんけど、少なくとも若い読者だったオオキの目にそうは映りませんでした。むしろちがう感覚、それまで知らなかった感覚に、なんとか食らいついていくような、でもそれがなんだかたのしいような面が、10代のころの読書にはありました。

正午さんが若い読者だったころはどうだったんでしょう。30歳くらい年長の作家が書いた小説のなかに、自分と近い感覚を見出していたんでしょうか？

正午さん、決して無理ゲーじゃないと思いますよ。

先月うかがった映画の字幕の意味を取り違えた話にしたって、正午さんは「反射神経のにぶさ」とか言ってましたけど、オオキからすると、『進撃の巨人』みたいな展開を連想したってどんだけ想像力豊かなんだよ！　って話でした。どちらかといえば、若い人寄りの感覚じゃないですかね？　「ますます弱気」に付随するエピソードとしては、微妙だったと思うんですがどうでしょう。

いま正午さんが書かれている小説は、どこかにいる若い人に（も）まちがいなく届きます。オオキが10代だったころにくらべたら、まもなく2022年を迎えようとする現在、読んでみたいなぁと思った作家の本がすぐに見つかって手に入る環境だってととのっています。どこかにいる若い人が（も）この先、佐藤正午を発見する機会だって、たぶんいろいろな場面で訪れるはずです。たとえば今年のハトゲキ映画化をきっかけに、正午さんの著作を探し求めてる若い人が（も）、どこかに（少しは）いるんじゃないか――オオキはそっちに賭けます。

もちろん年の暮れには、KEIRINグランプリにも賭けます。この年末も佐世保でお会いできないのは残念ですけどね。正午さんが去年ここで箇条書きにしていた「グランプリの準備」の1（✉245）を、ただいまオオキは調整しています。

✉269
佐藤
2021/12/23
12:53

件名：文筆業

Q．そもそも吉行淳之介さんの本を読むようになったのには、どんなきっかけがあったんでしょう。最初の作家とは、どんなふうに出会いましたか？　読みたいと思った作家の本は、そのころ近所の書店ですぐに手に入りましたか？

A．言われてみるとそうだね、どんなきっかけがあって読むようになったんだろう？　人事《ひとごと》みたいだけど、なにしろいまから五十年前の話だから、読み始めの一冊が何だったかも憶えていない。その一冊目を手にとるきっかけ、何かあったのかな。誰かに薦められたとか、どこかで本の紹介記事を読んだとか、テレビで喋ってる作家を見たとかね。あったとしてもぜんぜん憶えていない。

ただ吉行淳之介が「最初の作家」であることはまちがいないと思う。『小説の読み書き』の吉行淳之介の章を読み返してみると、そこに、

　吉行淳之介は僕にとって初めての小説家で……

と自分で書いてるしね、「初めての小説家」という言葉の意味もあわせて。

で、そこに書いてる意味が、要するにオオキくんのいう「最初の作家」のことだとすれば、最初の作家ってさ、あとになって、つまりたいがい読書経験を積んだ年齢になって、そこから若い頃を振り返るとその作家に行き着くというだけで、その作家の一冊目を読んでいるまさにそのとき、二冊目でも三冊目でも何冊目でもおなじだけど、このひとが自分にとって最初の作家だ！　いまこの瞬間が最初の作家との出会いだ！

とか意識してないでしょう。

意識しないと思うよ、ふつうは。……それはまあ、オオキくんみたいにもともと本を読まない子で、中学一年生で「著者らしきおじさんが、ナマズみたいなでかい魚を釣り上げている写真に目を奪われ」て、「この作家の本をもっと読んでみたい」！と俄然《がぜん》読書に目覚めたとか、人に語れるエピソードでもあれば別だけど。ふつうはないよ、そんなもの、ただそこにあった、というかたまたま出会った小説を読むだけで。読みふけるだけで。いつのまにかその小説を書いた小説家にはまっていくだけで。時間が経って気づいたときには本棚に文庫本がずらっと並んでるんだよ。

本棚にずらっと並ぶぐらいだから、読みたいと思った作家の本は近所の書店でもすぐ手に入ったんだと思う。僕がそのころ住んでた佐世保は（いまも住んでるけど）、オオキくんが生まれ育った故郷ほど田舎町じゃない。本屋さんならのちの時代のコンビニの数くらいあったし（若干誇張）、吉行淳之介だろうと開高健だろうと、文庫本にかぎらず新刊の単行本だって（古本だって）その気になれば手に入れられたんじゃないかな。読みたい本があるのに読めないというもどかしさを味わった記憶は、当時の記憶としてはないよ。

そういうもどかしさが出てきたのは、高校を卒業してからだろうね。もっといろんな作家、いろんなジャンルの本に目をむけるようになってから。たぶん、一九八〇年代に入ってからはずっと、その後ネット書店があたりまえになる時代まで、結構長いこと、読んでみたい本が（近所の書店では）すぐには手に入らない状況がつづいていたかと思う。でも僕が吉行淳之介の本を買って読んでいた時代は、一九七〇年代だから。

スマホでちょっとウィキペディアを見てみたんだけど、吉行淳之介の著書を年代順に、……スクロールしてたら、これは文庫じゃなくて新刊が出たときに買ったな！と、はっきり記憶している本のタイトルがいくつかあった。小説でひとつ挙げると『吉行淳之介自選作品』（全5巻・潮出版社）、これは一九七五年、僕が二十歳のとき刊行されている。二十歳だから大学生だね。たしか札幌の本屋さんで見つけて迷わず買った。一冊八五〇円の、いわゆるハードカバーじゃなくてもっと薄い表紙の、四六判の本、五冊とも買った。大事に読んで、たぶんその後も読み返して、およそ半世紀が過ぎようとするいまも本棚にある。だから定価もわかる。

エッセイ集のほうでは『街角の煙草屋までの旅』（講談社）。一九七九年刊行だから、僕は二十四歳、大学をやめて佐世保に帰ってきて、そろそろ小説を書き出そうかという頃だ。でもまだ吉行淳之介の本が出たら買って読んでた。このエッセイ集は、気に入って何度も読み返したというわけではなくて、あとがきに書かれていた作家のぼやきが、一回読んだだけでなぜか記憶に刻まれている。それを最近よく思い出す。

吉行淳之介はそこで本のタイトルに触れて、たしか、

『街角、の、煙草屋、まで、の、旅』

みたいな息継ぎで読んでほしい、と書いていた。なぜなら自分はもうすっかりおじいちゃんで、近所に煙草を買いに歩くだけでぜいぜい息を切らしてしまうからだ、と。

……記憶ではそうなんだけど、これを書く前にいま、実際にそのエッセイ集のあとがきにあたってみたところ、

私の家の前は急な坂道で、それを登り切った十字路の角に、煙草屋がある。タバコを買いに行こうとすれば、「街角の・煙草屋までの・旅」という感じに、息を継ぎながら、坂を上る。この書名も、そういうふうに読んでもらったほうが、いいかもしれない。

となっていた。まるで記憶と違う。どこにも「自分はもうすっかりおじいちゃん」なんて書かれていない。この本が刊行されたとき吉行淳之介は五十五歳で、いまの僕より十一も若い。「自分はもうすっかりおじいちゃん」なわけないよね。それはむしろいまの僕に似合いの台詞で、前回、前々回と弱気になって……先の見えない『書きおろし、の、長編、小、説を、書き、あげる、までの、旅』の途中にいる六十六歳の

作家のぼやきで、……またその話か？

小説は書いてるんだよ。

弱気は弱気でも、もう書きたくない、とか、書けない、とかじゃない。小説書きを
けして嫌がってるわけじゃない。無理ゲーっぽいか？　とか、たまに自問しつつもね、
でも、しつこく書くのは書いている。

だいぶ目鼻がついて、十一月の終わりには、きりのいい所までたどり着いた。この
まま勢いに乗って、攻めの姿勢で続ければ年内には書きあがってしまうんじゃない
か？　って、久しぶりに（根拠のない）自信がわいてきたくらいで。

でもいまは中断している。

十二月に入ると「小説家の四季」の（年に四回の）連載原稿の出番がまわってきて、
それからこの「ロングインタビュー」の毎月のメール書きもある。小説から頭を切り
替えて、どっちも十日仕事だから、それで二十日つぶれる。残りの十日は、年末だし、
地元佐世保記念競輪もある、もちろんグランプリもある。だから小説書きはまた来年、
あらためてということにして、原稿は寝かせてある。

ほんとは迷った。

十二月になってもこのまま攻めるか？　いや、しかとするのはいくらなんでもあんまりだから、小説書いちゃうか？　勢いで小説以外の二つの原稿はしかとするか？　いや、しかとするのはいくらなんでもあんまりだから、担当の編集者に電話だけいれとくか。申し訳ありません、一回お休みさせてください。二回かもしれないが。小説書かせてください。……そういうのありか？　許されるか？

一《ひ》と晩、白髪が増えるくらい考えてみて、やっぱり許されないだろうと結論に達した。許されないというのは、連載に穴をあけて迷惑をかけることが、じゃない（それは正直、というか客観的に、たいした迷惑ではないと思う、出版社にしても、読者にしても、佐藤正午の連載がどうなったからといって）。そうじゃなくて、ひとことで言えば、初心に照らしてみて許されないと思った。

初心忘るべからず、とか言い出せば、どの口が？　とオオキくんツッコミたくなるかもしれないけど、でも事実そういうことを考えたんだ。おじいちゃんは近頃よく若いときを思い出して忘れ物に気づく。初心て、スマホに入れてる『大辞林』によると、――何かしようと決心したときの純粋な気持ち。

のことなんだけどさ、いまこうして長生きしている自分の若いときにあった「純粋な気持ち」って何か？　と考えたら、それはかつて公募の新人文学賞に送ると決めて小説を書き始めたとき、自分はできるならこれでやっていきたいと、つまり、文章を書くことで生計をたてたいという希望を持っていた、それこそが純粋な気持ちだったとすぐに思い出せたんだ。そいでしかも、文章を書くことで生計をたてたいと願っていたときの、その「文章」というのは、必ずしも小説でなくてもよかったんだと。オオキくんが編集した『正午派』の中に、「仕事あります」という短文が収録されてるでしょう。新人文学賞の応募原稿に、仕事ありませんか？　と、余計な一文を添えて送ったというエピソード。あれ、ほんとの話なんだよ。

仕事ありませんか？　と、どうしても書き添えなければ気がすまなかったその当時、僕にとっての「仕事」の意味は、何でもいいから文章を書く仕事のことで、それで収入を得ることで、いわばあれは就職活動のつもり、出版社へ履歴書を送りつけたも同然の、自己アピールだったんだ。この小説で受賞したいなんて高望みはしません、ただ何か、書く仕事ありませんか、僕にできる仕事、もしあったらそれこっちに回して貰えませんか？　何でもうけたまわりますから。ほんとに何でも……。大学中退して、ほかに居場所も見つけられなくて、結構せっぱつまったすえの就活だった。

当時二十代なかばでせっぱつまっていた僕に、仮に四十年後の未来からの声として、仕事はある、原稿料も貰えてる、詳しく話せばいろいろ困難はあるが、とにもかくにも願いはかなっている、と言ってやれたら、そしたら彼はきっと「ああ、よかった……」と小声で呟《つぶや》いて、その場にへたりこむほど安心するだろう。涙ぐみさえするかもしれない。まるで命乞いが通じたみたいに。

だから、そういう昔の若者の姿が目に浮かぶようだから、僕は簡単には許されないなと思った。つまり初心に照らして。書きかけの小説があるので「小説家の四季」や「ロングインタビュー」の連載休ませてくれ、なんて口にすることは。仕事ありませんか？　と応募原稿に書き添えた就活青年の気持ちを思えば、そんな我儘《わがまま》、という か贅沢《ぜいたく》というか、あり得ない。それこそ、どの口が？　ってことになる。ぜがひでも小説で、じゃなくて何でもいいから物書きで生計をたてることを夢見ていたくせに。忘れたのか？　急に小説家ぶるなよ。

で一と晩考えて（だいいちいま書いてる小説は、原稿料も貰えないいじゃないか。な？　小説書くだけじゃ生計たてられないいじゃないか）白髪増やしてから、反省もして、気を取り直して「小説家の四季」の原稿書きに勤《いそ》しむことにした。そして次に、いま現在これを書いている。……という経緯になるんだけどね、ここまで書いてみると、今回のこれもまた無理ゲーぽかったか？

なら最後に、そういえば、確定申告だとか公式な書類の職業欄には、僕は昔から――公募の新人文学賞受賞をきっかけに仕事を回してもらえるようになったときからずっと――「文筆業」と記入している。「小説家」とか「作家」とかにしたことは一度もない。という事実に思い当たって、ひょっとしたらそのこだわりも、仕事ありませんか？　と一文添えた時代の、何でもいいから書く仕事に携わりたいと願っていた「純粋な気持ち」の名残りではないのか？　その気持ちを自分に忘れるなと、いままでも職業欄に「文筆業」と頑固に記入し続けているのではないか？　と考えてみたことを付け加えれば、少しは無理スジがゆるまないか？

……ゆるまないか。小説家ぶるなと自分で言ったそばから書いてる連載エッセイのタイトルが「小説家の四季」だもんね。まあ、無理スジでもいいよ。肩書きは文筆業でも小説家でも作家でも物書きでもライターでも何でもいいんだ。言いたいのは、結局やることは同じということ。小説にしろエッセイにしろメールインタビューの返信にしろ、目の前にある仕事を、同じ力の込め方で一つ一つ片づけていく。昔からそうしてきたし、今年もそれで終わろうとしているということ。予定が押して今日が十二月の二十三日。いよいよ来週はＫＥＩＲＩＮグランプリ。僕はいま、小説の原稿は寝かせたまま、去年自分で箇条書きにした「グランプリの準備」の４で立ち止まっている。身近に競輪の理解者のひとりもいない孤独に親しんでいる。ほんとうに今年は孤独だ。たぶんオオキくんも僕と似た気持ちでいるだろう。遠くにいて会えないひとたちの顔を思い浮かべながら、当日の発走時刻を迎えることになるだろう。

III

なぜ？

270
オオキ
2022/01/12
17:45

件名：年末のニュース

12月16〜17日に長崎市民会館で開催された、第18回ライブラリーフェスティバル県大会（全国高校生図書館研究大会「全国高校生図書館サミット」）の「ビブリオバトル」に、県立佐世保北高の2年生が出場した。彼が紹介した『鳩の撃退法』（佐藤正午著）は、16日の県大会で「チャンプ本」に選ばれ、翌日の全国大会（長崎県のほかに3道県の計6人が参加）でも「チャンプ本」に輝いた——。

年末、そんなニュースをネットで目にしました。12月27日付の長崎新聞によると、その高校生は壇上で〈（ハトゲキの）多くの伏線が絡み合う巧みな構成について「ぞくぞくとした感覚に息をのむ」と強調。「圧倒的な読後感がシャワーのように押し寄せる。読まなければいけない小説」とPR〉してくれたそうです。

あけましておめでとうございます。

「ビブリオバトル」って、正午さんはご存じですか？　オオキは詳しく知らなかったんで、ネットで調べました。公式サイトには、〈誰でも開催できる本の紹介コミュニケーションゲーム〉とあります。キャッチコピーは〈人を通して本を知る。本を通して人を知る〉。ルールは次のとおりです（公式サイトより引用）。

1．発表参加者が読んで面白いと思った本を持って集まる。

2．順番に1人5分間で本を紹介する。

3．それぞれの発表の後に、参加者全員でその発表に関するディスカッションを2〜3分間行う。

4．全ての発表が終了した後に、「どの本が一番読みたくなったか？」を基準とした投票を参加者全員が1人1票で行い、最多票を集めた本をチャンプ本とする。

どんなことが「ビブリオバトル」で行われているか、正午さんもだいたいは想像つきますよね？　口下手で滑舌《かつぜつ》も悪いオオキからすると、「チャンプ本」はおろか出場も危うい〈コミュニケーションゲーム〉のようです。ハトゲキが「チャンプ本」に選ばれた、といってもそれは小説そのものへの評価というより、作品の魅力を語ってくれた高校生による、それこそ聴衆のハートをつかむような言葉選びや話術、たゆまぬ発表の練習とかによる部分が大きいんじゃないかと思います。

でも正午さん。ここ数か月、いま書いている（中断している）小説は若い人に（も）届くんだろうかと弱気な正午さん。このニュース、励みになりませんか？　ハトゲキを「読んで面白いと思った」若い人が、現に、少なくともここにひとりいましたよ！　数ある本のなかから佐藤正午の小説を選ぶなんて、（身びいき抜きに）いいセンスですし、『月の満ち欠け』でも『身の上話』でもなくハトゲキで、ってところもオオキは（若干の身びいきで）しびれました。しかもその発表やディスカッションを通して「読みたくなった」人も会場には大勢いたってことですからね。正午さんがいま書いている（中断している）小説が上梓されたあかつきには、今回ハトゲキを紹介してくれた高校生はもとより、当日参加した若い人たちからも、あの「チャンプ本」の作家の新作！　ときっと熱い視線がそそがれるはずです。
というわけで、２０２２年も引き続きよろしくお願いいたします。

271
佐藤
2022/01/20
12:33

件名：おみくじは吉と末吉

耳の調子が悪い。左耳の。どう悪いかというと難聴、耳鳴り、そのうえ聴覚過敏の症状が出ている。難聴と聴覚過敏とは互いに矛盾するようだけど、自己診断では実際、症状は併発している。難聴はともかく、耳鳴りと聴覚過敏のせいでいままでどおり仕事ができない。いままでのように仕事する意欲がわかない。今回オオキくんが書いてきたその「ビブリオバトル」について返信するべきなのはわかっていても、まったく興味が動かない。気掛かりは、自分の耳の状態だけ。あとはぜんぶ世の中の出来事はどうでもいいことに思える。どうでもいいし、ときにうとましくすら思える。厭世《えんせい》、という言葉がすぐそこまで迫っている。じゃあそっちに背をむけて、今月何か書くとしたら、何か書けるとしたら、自分の耳のこと以外ないだろう。

　難聴は昔からあった。いつから、とかもう憶えていない昔から左耳の聴力は右よりも弱かった。右を10とすれば、左は2か3くらいで、ひとに左側に立って話しかけられると聞き取りづらいと思うときもあった。でも日常生活に支障はない。書き仕事にも影響はない。だからあんまり気にしなかった。去年あたりは、右耳に手のひらで蓋《ふた》をして、左耳だけでテレビの音声を聞き取ろうとしてもなかなか困難というところまで（右を10とすると左は0・5か良くて1くらいまで）聴力が低下していたが、加齢のせいもあるだろうしじたばたしても仕方ないと諦めていた。いまもとくに難聴を気に病んではいない。ほかの二つの症状、耳鳴りと聴覚過敏にくらべたら何てことない。ふつうに聞こえる右耳が残っているし。

☜

耳鳴りは去年、確か九月の終わり、か十月に入った頃から出始めた。ある日、いつものように仕事をして、疲れたからそろそろ切り上げよう、書いたところまでをプリントアウトしようと、締めの作業にかかったところでそれが始まっているのに気づいた。よく憶えていないがそのときは、金属と金属をかち合わせたときの残響みたいなキィーンという高い音が鳴っていたような気がする。で、ため息ついて、しょうがないなと思った。体調悪いのにすこし無理して仕事したもんな。無理はよくないな。年だしな。しばらく横になって休もう。

よくよく思い返せば、耳鳴りもこれまで皆無だったわけじゃなかった、ような気がする。一時的な耳鳴りなら、経験がある。若い頃からとか、五十過ぎてからとか、いちいち気にして憶えてはいないが、つまり頻繁な耳鳴りに悩まされていたわけではないが、これが初めてというわけでもない。慌てふためくほどではない。ただしこんどのこれは、一時的ではすまなかった。静かに横になって休んでも音の種類が変化しただけで耳鳴りはしつこく続いていた。夜になっても消えなかった。

耳鳴りといっても音は一通りじゃないんだね。たとえばいま、このメールを書いているいま左耳に聞こえている耳鳴りがどんな音かといえば、空気が洩《も》れているような音だ。噴射式の殺虫剤とかあるでしょう、ヘアスプレーとか、ファブリーズとか？何でもいいけど、一回押すとシューッと音がして噴射されるでしょう。それを長押しだね、長押しというかずぅーっと押しっぱなし。シュ――――シュシュシュ――――。比較的落ち着いてるときはそんな感じ。音の大小はあるにしても、一日中それが聞こえている。

落ち着いたままでいてくれるとまあいい。よくはないけど、まだましだ。でもときおり暴れ出すことがあって、そうなると書き仕事どころじゃなくなる。

思い出すだけでもまた聞こえてきそうで怖いんだけど、ビクビクしながら説明すると、いつもの「空気洩れシューッ」に「電子レンジの調理終了のピーッ」の音がプラスされたような、S音とP音の混成音が聞こえ続けることがある。それからもっと嫌なのは、空気洩れの音にブーストがかかって、シャーッと猫が威嚇する声（ＹｏｕＴｕｂｅで見たことある）のように獰猛《どうもう》さが加味されて、しまいにウァーン・ウァーン・ウァーンと耳の奥で反響が起きて、耳詰まりの不快感が（これはふだんから左耳にある）いつもより強くなって、反響ごとに痛みまで来る。ズキズキとチクチクの中間くらいの痛みが。シャシャシャーッ――――ウァーン・ウァーン・ウァアァーン。でも救いがあるのは、その混成音も反響状態も長続きしないこと。朝から晩まで続くことは（いまのところ）ない。じっと耐えてる時間がどのくらいか、計ったことないからわからないけど、左耳を温めたり（温めたほうがよさそうな気がするから）、煎じ薬を飲んだり（漢方薬局で売ってた）、あとは横になって、安静にして、どんより気分で行く末を案じたりするうちに、いつのまにか元のシューッ音に戻っている。

一日中そんな音が耳もとで鳴ってたら眠れないだろうとひとは思うかもしれない。自分でもそう思って夜が来るたび心配するんだけど、でも不思議と眠るのは眠れる。朝より夜のほうが耳鳴りの音はおとなしい気がする。それとあと、寝る前には以前からかかりつけのクリニックで出してもらっている抗不安薬をのむ。のむのが長年の習慣になっているから、そのおかげで睡眠時間を確保できているし、どうにか正気を保てているという気もする。

さらにやっかいなのは聴覚過敏だ。

聴覚過敏て、そんな言葉があるのも実は知らなかったけど、ネットで見ると、確実に僕の左耳の症状はそれにあてはまっている。いつから始まったのかは、これもよくわからない（ぼんやり生きているせいだろう）。印象に残っているのは年末の二十八日、行きつけの床屋で髪を切ってもらったときに、どうも店主の声が、不必要にでかいな、やたらと鼓膜に響くようだな、と感じてその帰り道、たまたま通りに面した民家の車庫の前を通りかかったタイミングでシャッターがガラガラガラッと引き降ろされる音に遭遇して、顔をしかめた。そのガラガラガラッが耳から突き刺さるようにして頭の中に響き渡ったので。

もうひとつ印象に残っているのは正月の三日、大野モールの金明堂で、オオキくんもサイン会で一緒に行ったことのあるあの金明堂書店で、『進撃の巨人』の第1巻から10巻まで買って袋に入れてもらい（前々回だったか、ここで『進撃の巨人』に触れたよね？「よく知らないけど」って、タイトルだけ。でもあの触れ方はなかったな、と反省して、読んでみるべきだと思った）、でそのあと、家族がスーパーで買物中だったから外の通路で待っていたら、そこへお喋りに夢中な女の子ふたり（高校生ふう）が通りかかって、ちょうど僕の横まで来たときにひとりがよっぽど嬉しい話でも聞かされたのか「キャ――ッ」と歓声をあげた。次の瞬間僕は「うわっ」とさけんで膝から崩れ落ちた。脳に直接ピリピリピリとひび割れが走ったような衝撃を受けたので。正確には、崩れ落ちそうになったが堪《こら》えて、女の子を呼び止めてインネンふっかけようかと（ちらっと）思った。そう思ったくらい耳に負担がかかったので。

そのへんでネットの検索もしてこれは――そういえばしばらく前からぼんやり気づいていたこの不具合は――聴覚過敏なんだとようやく確信に至った。それからまわりの音を意識し出した。音という音を意識して怖がるようになった。

まず水音が苦痛だと気づいた。水道の蛇口からほとばしる水の音が鼓膜を激しく打つように聞こえる。洗面台で顔を洗うとき、台所で洗い物をするとき、あとトイレの水を流すときも苦痛。風呂場のシャワーの音は耐えられるが、バスタブのお湯をかき混ぜる音がダメ、桶ですくって身体にかけるのもお湯が床面に当たる音が強すぎるとダメ。苦痛を回避するには手で左耳をふさぐか、耳栓をするしかない。

食器棚から皿を取り出すときのガチャガチャという音もダメ、スプーンやフォークのたてる金属質の音は当然ダメ。意外なところでは照明を点《つ》けたり消したりの壁のスイッチ、あれを押すときのパチッという音がいちいち耳もとで爆《は》ぜるように聞こえてダメ。

困ったのは紙のたてる音。たとえば毎月送られてくるこのロングインタビューのゲラはファクスで受信するでしょう。その受信したゲラ（B４用紙）を両手で持って読もうとすると、紙と紙が擦《こす》れ合ってバチバチッと火花が散るような音がする、左の耳もとで。一枚一枚めくって読むうちにその音にめげる。ゲラ直しの意欲が殺《そ》がれる。紙の新聞の場合は、もっと派手なバチバチ音がする。一枚めくるごとに、バチバチバチッ！　ゲラも新聞も無理して読むと決まって耳鳴りが増悪する。あとは紙を破る音もダメ、くしゃくしゃっと丸める音もダメ、とにかく紙のたてる音は全部ダメ。

ところが本は不思議と読める。文庫本だろうが四六判だろうが気にせずに読める。なぜだかわからない。本を優しく扱う習慣が身についているのか、ページをめくる音を過敏に聞き取って不快を感じたことはこれまでない。むしろ夜、ベッドに寝転がって本を読んでいると気分も落ち着いて、耳鳴りが少しだけ弱まるような感じがある。そのせいで近頃は小説や漫画の読書量が増えている。『進撃の巨人』は全34巻のうちすでに30巻まで読み終えた。

ひとの声は、相手に穏やかに喋ってもらえばなんとかなる。複数相手だと難しそうだけど、一対一ならふつうに会話もできる。ふだん僕が耳にするひとの声は家族の声だけなので、お願いして、なるべく低い声で、感情をたかぶらせずに喋るよう心がけてもらっている。が、そうは言っても、ひととひとが毎日顔を突き合わせていれば、思わずムカッとして（僕ではなく相手の）声のトーンが高くなったり、ボリュームが大きくなったりの局面が持ちあがることもあり、そういうときは即座に左手の指を、左耳の穴に差し込んで難を逃れるようにしている。その仕草が癖になりつつある。

……というのが二〇二二年、一月の近況報告で、テレビは音量をしぼって字幕表示で見ているとか、電話は昔から着信音が鳴らないように（というか、出なくていいように）設定してあるので問題ないとか、音楽をまったく聞かなくなったとか、そのまえに去年耳鼻科にかかったときの感想とか、まだほかに書くこともあるにはあるのだが、実はここまで、キーボードを叩いてきたその音も少し気になり出している。もし万が一文字入力のカチャカチャ音までが聴覚過敏のせいで耐えられなくなったりしたら、今後の仕事に差し支えるので、このへんで今回は早めに切りあげておきたい。

近所の神社でひいた今年のおみくじは吉と末吉だった。どうしても大吉をひかないことには気がすまなくて、三回目にトライしようとしたところを、ズルはよくないと家族に引き留められてどうにか思いとどまった。病、癒えると、吉のほうのおみくじに書いてあったのでそっちにすがりたい。

272
オオキ
2022/02/12
15:39

件名：無責任な診断

左耳の具合はその後いかがですか？

キーボードを叩く音まで苦痛になったら、ちょっとまずいですね。

正午さん、いまもあのキーボードを使ってるんスか？　押したら深く沈み込むような、それでタイピングのカチャカチャ音が余計に出てるようなやつ。あれは確か『身の上話』の連載が始まる前、長年使い慣れたワープロ（の最後の1台）が壊れたとき、正午さんは新しく購入したパソコンのキーボードが気に入らない、使い心地が良くないって、わざわざ旧型のキーボードを2つか3つ（予備も含めて）用意してましたよね、オオキを遣いにして。あのキーボードはいまも現役で活躍中なんでしょうか？もしこの先、タイピング音まで耳に障るような症状が表れたらすぐに連絡ください。キーボードカバーをソッコーで探します。少しは音が抑えられるはずです。旧型に合うカバーが見つからなければ、「静音キーボード」なるものをこちらでいくつか見つくろいます。どうか正午さんの耳にやさしい音でありますように、といちど手を合わせてから送ります、試してみてください。仮に、それが耳に合わなかったら？　音声入力で口述筆記とか手書き？　じゃなきゃ、左手を耳にあてたまま右手だけでキーボードを叩くとか？　これだと、ご執筆のフォームが崩れちゃって、書く仕事にもなかなか気が乗らないでしょう。耳栓はあまりおすすめしない、と言ってるお医者さんもいるようですし……、あ、正午さん、「イヤーマフ」と呼ばれる防音具があるみたいですよ。工事現場や空港で働く人が使っている、ヘッドホンのようなかたちをした聴覚保護用の器具です。聴覚過敏の人にも使われているそうです。

ええ、オオキも少し調べました。ネットで少し調べてわかったことなんで、正午さんも「イヤーマフ」の存在はとっくにご存じでしたか？　聴覚過敏をもたらす明確なメカニズムは解明されておらず、治療法も確立されていない、といった専門家の意見も目にしているかもしれません。厄介な症状ですね。

はんぶん気休めにでもなればと思って書きますけど（残りはんぶんはオオキの無責任な診断と願望なんですけど）、ひとつ思い出したことがあります。ハトゲキの連載がいよいよ佳境に入ったとき、正午さんの身に起こった「文豪病」のことです。『小説家の四季』に書かれていましたよね、原因不明の背中の痛みに襲われていたことを。じっさい「連載小説の担当編集者」の口から文豪病なんて言葉を使った覚えはないんですが、開高健さんの（何かで読んだ）症例はオオキが持ち出したのかもしれません。で、ともかく連載が一段落したときにはその痛みがすっかり消えていたんですよね？いま正午さんを悩ませている左耳の不調も、この文豪病の一種で済む可能性はゼロじゃないと思います。じゃあ、耳鳴りや聴覚過敏に苦しんだ文豪て誰だよ？と訊かれても、パッと名前は出てきませんけどね。言ったもん勝ちなら、佐藤正午、と答えても不正解じゃない気もします。書き下ろし長編を脱稿するころには、厄介な症状もいつのまにやらおさまっている、少しくらいの希望はそこにあるはずです。

『進撃の巨人』は34巻まで読み終わりましたか？

オオキも先月末、近所の書店で全巻おとな買いしました。いま24巻を読んでいます。

読んでいるうちに、以前、もう何年も前に、誰かからこのコミックを「読んでないんですか？」と訊かれたような記憶がよみがえってきました。正午さん、たしか『進撃の巨人』は、東根ユミさんが詳しいはずです。

それを抜きにしても、担当編集者としてはそろそろ東根さんにこの現場の聞き手に復帰してもらおうかと考えているんですが、正午さんとしてはいかがですか？

映画『鳩の撃退法』のブルーレイとDVDが先月発売されたばかりのこのタイミングで、『月の満ち欠け』の映画化がそろそろ発表されるという噂も聞いています。もう東根さんはじっとしていられないんじゃないか、担当編集者はそのあたりにも期待を寄せています。東根さんのメールの文面が正午さんの耳に大反響するような現象は、まさか起こり得ないと思うんですけど。

273
佐藤
2022/02/22
12:00

件名：キーボード、イヤーマフ、文豪病その他について

毎朝八時前後に眠りから覚める。

目覚ましは九時にセットしてあるのに、このごろは一時間ほど前に決まって目が覚める。もっと早い時刻にもベッドを降りてトイレに立つことはあるけど、それは高齢者にありがちの夜半の目覚めで、このごろじゃなくても前からある。一から話せばそれはそれでまた別の話になる。が、それとこれは違う。このごろの毎朝八時前後の目覚めの原因は、耳鳴りだ。

耳鳴りに驚いて目が覚めるんだ。一日のうちでその時間帯が最も耳鳴りの活動が活発のようなのだ。深夜に疲れてなま欠伸《あくび》していた耳鳴りが、一晩休んで英気を養ったかのように朝から威勢がいい。暴れ放題、容赦なしの音量で鳴り渡っている。まじかよ？

前回書いた空気洩れの「シュー音」と電子レンジの「ピー音」の合体音が左耳でド派手に鳴っている。まじだ。それに加えて控えめなシュー音が右耳のほうでも聞こえる。

初めてのときは手のほどこしようもなく、悲観もしたが、毎朝のことなのでもうだいぶ慣れた。

どう慣れたか？　空気洩れをS音、電子レンジのほうをP音と呼んで対処法を説明すると、まずベッドに仰向けに寝たまま目をつむり、右耳に（気合いで）意識をフォーカスし、瞑想《めいそう》に入る。つまり控えめなS音の世界に入り込む。しかるのち、こんどは左耳に（気合いで）意識を50％フォーカスさせ、S音とP音の合体音の中から注意深くS音のみを拾い出し、右耳の控えめなS音と左耳の威勢のいいS音の周波数を同期させる（気合いで）。すると、徐々にではあるが左耳のP音は後方へ退き、S音が主役、というか独り舞台になる。なおかつ威勢のいいほうが控えめなほうを吸収一体化し、やがて右耳の耳鳴りは収束。左耳には、比較的我慢できる音量のS音だけが前面に出ている状態になる。ほんとに？

そんなことできるの？ と思うかもしれないが、たぶんできているはずだ。できているからこそ毎朝、九時になる前に目覚ましを解除して（アラームが鳴れば鳴ったで耳につらいからね）、そこから昨日とおなじ一日を始めることができる。

つつがない一日を。

どうにかこうにか我慢できる音量の耳鳴りとともに。

そのうえ聴覚過敏の厄介な耳をかかえて、なるべく物音をたてないようにビクビクしながら暮らす一日を。

おかげさまで今日も。

☜

というわけで、ここからロングインタビューらしくオオキくんのメールへの返信になる。先月はメールの話題をまったく無視した返信を書いてしまったので、その埋め合わせに今月は一つ一つまめに質問に答えていく。

Q．キーボードについて

うん、まだあれを現役で使っている。言われてみれば確かに『身の上話』を書くとき使い始めたキーボード、旧型の、キーを押すと深く沈みこむやつ（ストロークが深い、とか言ってなかったか？ 確か昔）、タイピングの音がカチャカチャ出るやつ、ずうっといまも使い続けている。使い続けてもう十五年になる。『身の上話』も『アンダーリポート』も『ダンスホール』も『鳩の撃退法』も『月の満ち欠け』もこのキーボードで書いた。いまこのメールも同じキーボードで書いている。白いキーの表面に汚れが目立つくらいでまだ十分使える。

カチャカチャ音は（先月心配したほどは）気にならない。小説にしてもエッセイにしても書くのは一日に二、三時間だしね、そのあいだ始終キーボードを叩きっぱなしってわけでもないし。いまのところ、聴覚過敏のせいでキーボードに触るのも嫌になるとか、そんな心配はなさそうだ。

あと、当時もう一台用意してもらった予備の出番もいまのところなさそうだね。予備のほうは包装したままどこかにしまってあると思う。記憶ではそっちのほうが新品だったんじゃなかったか？ いま使っているのは誰かのお下がりで。誰のお下がりだったか、詳しく聞いたかどうかももう思い出せないけど、二台ともどっかから手に入れてきてくれたのはオオキくんだから、思い出せるか？　いま訊いても答えられるか？　いったい僕は誰から貰ったキーボードで小説書いてたんだろう？　この十五年間。

☜

……と書いて一日経った、いまは夜。今日は無理だった。もうだいぶ慣れたとか、左耳と右耳の耳鳴りを同期させるとか、昨日は調子いいこと言ってたけど今朝はどうにもこうにもならなかった。朝八時過ぎに目が覚めて、耳の中でオルガンが鳴り響いているのかと思った。助けてください！　誰か、と叫びそうになった。家族はもう出勤していて、叫んでもそばには誰もいないんだけど。仕方ないからこないだから飲んでる（効いてるのかどうかさっぱりわからない謎の）漢方の煎じ薬飲んで、蜂の子カプセルも一緒に呑んで、一日北京オリンピックのカーリングとか見ながら過ごした。テレビは音消しで、字幕放送で。

☜

Q．イヤーマフについて

イヤーマフって、要するに耳当てのことだよね？

耳当ては、聴覚過敏の耳には必須アイテムなのでもちろん使っている。ヘッドホン型のやつ。ただし防音用じゃなくて「冬場の自転車乗りに最適」というコンビニで売ってた防寒用の耳当て。買ったのはたぶん五、六年前だったと思う。でもちょうど買った頃から自転車に乗るのが（体力的に）億劫《おっくう》になってきて（佐世保は坂の多い街だからね、登りがとてもしんどい）、ケースから取り出しもせずに放っておいたのを、この冬、ふと思い出して散歩のときに使ってみたらなんか具合が良かった。防音用じゃないから音は通るんだよ。だから外を歩いてても後ろから車が来たら避《よ》けられる。それに音は通るといってもある程度（イメージだけど）裏漉《うらご》しされて入ってくるから、割れたガラスみたいな尖《とが》った音がイヤーパッドで漉されて丸くなって入ってくるから、聴覚過敏の耳にも優しい。散歩中にふいに聞こえてくる音――たとえば車のクラクションとか、ランドセル背負った子供の叫び声とか、工事現場のドリルの音とかにも、これを着けていれば怯《おび》える心配もない。

近頃では家の中でも習慣になりつつある。朝カーテンを開けるとき、夜閉めるとき、忘れずにこの耳当てを着けている。着けてないと「シャーッ」という音が耳に痛くて、そろそろとしか開け閉めできないから。台所で洗い物をするときも、米を研ぐときもこれを着けている。電子レンジを使うときも。笛吹きケトルでお湯を沸かすときも。

入浴と食事のとき以外、それと深夜、静かな部屋で本を読むとき以外はたいてい着けている。家族と喋るときには、相手の顔色を読んで、着けたり外したりしている。

Q．文豪病について

実はオオキくんに言われるまで、その文豪病の一種というか「原因不明の背中の痛み」の件はすっかり忘れていた。どの程度の、どんな痛みだったかも憶えていないので、自分で書いた『小説家の四季』の文章（二〇一四年春の回）を読み返してみると、「左右の肩甲骨のまわりに、誰かに棒でも当ててぐりぐりこね回されるような痛み」だそうで、そのせいで、椅子にすわって仕事するときにはまだ辛抱できても、「夜が眠れない。背中に当たる面が柔らかかろうと堅かろうと、とにかく仰向けになった姿勢がいちばん痛みが激しい。横向きに寝るしかないが、寝返りのたび声をあげたくなるほどの激痛に見舞われる」

ということらしく、かなり辛《つら》そうだ。当時——二〇一四年だからいまから八年前——ハトゲキの最終回を（たぶん気合いで）書きあげて、それで余力使い果たしたのか「小説家の四季」の連載のほうは一回休んでいるし、よっぽど大変だったんだろう。なのに、そのときの痛みも辛さも僕はもう忘れている。自分で呆れるくらい見事に、なんにも思い出せない。

問題は、現在進行中の耳鳴りと聴覚過敏。

それこそが作家人生最大の危機で、ほかはものの数じゃない、いまのこれと比べたら、以前の僕は病とは無縁の健康体で、毎日思う存分仕事ができていたとか、ああ(ため息)できればあの頃に戻りたいとか、どうしてもいまはそう考えがちなんだけど、違うんだね。そんな都合のいいあの頃なんてたぶんないんだね。あの頃に戻れば戻ったで、そこにいる僕も作家人生最大の危機に見舞われているんだろう。全部ひっくるめて文豪病の一種に分類できるかはわからないけど、心の病にかかって仕事放り出した時期もあったしね、血尿出て眠れない夜もあった、近いところでは腰痛にも悩んでた。どれもこれも辛さをいまは忘れてるだけで。

てことは、どうなる?

いまのこれも、いつかは忘れてしまうってことになるか? オオキくんが言うようにこれも「文豪病の一種で済む可能性はゼロじゃない」ってことになるか? ほんとうに「書き下ろし長編を脱稿するころには、厄介な症状もいつのまにやらおさまっている、少しくらいの希望はそこにあるはず」なのか?

じゃあその希望に賭けてみるとして、仮に、いまのこれを忘れてしまっている僕が未来にいるとして、そのときその未来まで長生きしている作家は、また別の文豪病の一種に見舞われているのではないのか?

……と書いてから二日経った。昨日も同期に失敗した。ヤケを起こさないように時間かけて気持ちを鎮めて、例の漢方薬と蜂の子カプセル服用して、北京オリンピックの名前も知らない跳躍競技を見ていた。イヤーマフ着けて、字幕放送で。コタツに入って頬杖《ほおづえ》ついて、同じ人類かとか思いながら。

今朝はまあどうにかいつもの時間にキーボードを叩いている。左耳ではシュ――――と空気洩れの音が鳴り続けている。ただそれだけのことだと、自分に言い聞かせる。なにも左耳からほんとに空気が洩れ出ているわけではない。酸素不足でめまいがするわけでもない。身体もだるくない。食欲もふつうにある。ただ耳鳴りがするだけ。あと聴覚過敏なだけ。二、三時間なら仕事もできる。ヤケになるな。早まるな。

Q.『進撃の巨人』について

先月中に34巻まで読み終わった。といっても、読んだ理由は前回説明した通りで、僕はこの漫画について特別何かを語りたいわけではない。いまは家族が引き継いで読んでいる。僕の場合とはまた違って、もったいないからという理由で。

Q．東根さんの復帰について

もし本人が、戻って来てもいいよというのであれば、僕はかまわない。いまでも佐藤正午にインタビューする気があるのなら、何でも聞いてくれていい。ただ『進撃の巨人』にいくら詳しいからといって、その話題を振ってこられても困る。あんまりしつこいと苛々《いらいら》して怒るかもしれない。こっちはいま作家人生最大の危機を抱えているわけだし。……ああでも、それもいいか。は？　と言いたくなるような東根さんのメール読んで、久しぶりにカリカリ怒るのも気が紛れていいか。またその質問！　前回無視したのに同じ質問！　耳鳴りみたいにしつこい！　とか。それもいいかもしれない。まあとりあえずなんでもいいよ。とにかく東根さんの復帰は、本人望むなら、歓迎する。以上。

274
東根
2022/03/12
15:33

件名：おひさしぶりです！

およそ三年半ぶりにメールします。

正午さん、おひさしぶりです！　東根ユミです。

またこうして「正午さん」とメールで呼びかける機会をいただけて、本当にうれしいです。おかげさまでふたりの子どももすくすく育ち、この春から幼稚園に通います。通園バスに乗るとき泣いたりしないか、園内で先生やお友だちと楽しく過ごせるのか、それからオミクロンのことなど心配は山積みなんですが、ともかく現場に戻ってきました。ちなみに『進撃の巨人』では、人類最強の男・リヴァイ兵士長の大ファンです。よろしくお願いします！

正午さん、こんな調子でしたか？　私って？　何しろ正午さんに宛てたメールを書くのがひさしぶりなので、自分でもよくわかりません。産休・育休をはさんだ私の文章に、ここまで変化は見られますか？　相変わらずですか？

お休みをいただいていたあいだも、少しずつですが、ライター業には復帰していました。リモート取材が多いのもさいわいしています。昨年は『書くインタビュー4』のゲラも赤ペン片手にせっせと直しました。もちろんこの連載も、佐藤正午ウォッチャーとして毎月かかさずチェックしていました。

正午さん、オオキさんと仲が良いですね？

そのオオキさんから、ひとつ言伝《ことづて》をあずかっています。

ゲラでひと足早く読ませていただいた先月のメールより、「いま訊いても答えられるか？　いったい僕は誰から貰ったキーボードで小説書いてたんだろう？　この十五年間」についての言伝です。「当時の経緯を憶えている」というオオキさんから「正午さんにちゃんと伝えといてほしい」と託されました。

電話で聞いた話を要約すると、正午さんのところに送ったキーボードは、

1．アップルの純正品（未使用／「くまちゃん」から入手）

2．アップルの純正品（中古／親しいデザイナーから入手）

3．タイピング感が純正品に近い新品（秋葉原で「探しまわった」）

の三台で、1のキーボードから「正午さんは使っている」とオオキさんは断言。電話口でれんぱつしていた「くまちゃん」とは、そのころ職場にいた同僚の愛称らしく、実名は不明ですが、正午さんはオオキさんを仲介役に、自分のキーボードを「くまちゃん」の旧型キーボードと「とりかえっこ」したそうです。あと2の中古品は、いちど分解してキートップをひとつひとつ洗浄後、「アルコールでぴかぴかになるまで磨きあげた」とのことでした。言伝は以上です。なんだか、やっぱり仲良しですよね。この話、本当なんでしょうか？　オオキさんが盛っていませんか？

ところで、正午さん。ビッグニュースがありましたね！

直木賞受賞作『月の満ち欠け』が映画化されるというじゃありませんか！　もう私には寝耳に水で、ちょうどこの連載に復帰することもあって、余計にびっくりしました。『鳩の撃退法』の映画化が発表されたのが、ちょうど一年前でしたね。そして今年は『月の満ち欠け』が映画化、って、急にどうしちゃったんですか？　佐藤正午界隈《かいわい》。しかも、『鳩の撃退法』につづいて、豪華なキャストじゃないですか！　『月の満ち欠け』を読んできゅんとしてしまった三角くんを、この冬スクリーンで見られると思うと、私は個人的にも楽しみなんですが、正午さんはもうご覧になったんでしょうか？　まだ制作中なんですかね。そうか、完成したとしても、耳の具合が良くならないと、ご覧になるのはむずかしそうですね。

一年前はこの連載で、「僕はハトゲキの映画化を喜んでいる」というお言葉がありましたけど、『月の満ち欠け』の映画化もお喜びのことかと思います。つい先日立ち寄った書店の棚には、『岩波文庫的 月の満ち欠け』がこれでもかというくらい並んでいて、私も嬉《うれ》しかったです。ついでに『書くインタビュー4』もちょっとでいいから並べてほしいという気持ちは、胸にしまっておきます。

私が今回お訊きしたいのは、映画の制作に際し、原作者の正午さんがどんなことをされる（されない）のかといったことです。『鳩の撃退法』では、映画のタイトルについて要望があったそうですね。オオキさんがこの連載で書いていました。『月の満ち欠け』でも、正午さんから何かリクエストはありましたか？　タイトル以外でも、たとえば、脚本を読んで、ここの台詞はちょっと原作の意図と違う、違っててもいいけどこう書いたほうがおもしろいかも、みたいな細かい指摘をされることもあるんでしょうか？　『正午派』によれば、正午さんは以前、『Y』の脚本（映画化は実現していない）の執筆にも協力されていたようなので、そんなことが少し頭をよぎりました。

それとも、『書くインタビュー4』所収のメール「ひとの仕事」（✉183）にあるとおり、「ひとの書いたものに手を加えない、なるべく手を加えたくない」という正午さんの姿勢は、ご自身の小説が脚本化される場合でも、一緒ですか？　お任せ、ですか？　だとすると、どうして『Y』では脚本執筆に参加されたのでしょうか？

✉275
佐藤
2022/03/22
11:13

件名：レベル3

どうも、しばらくでした東根さん。
三年半ぶりですか。もうそんなになりますか。

メールを読むかぎり、相変わらずのご様子で何よりです。東根さんがこの三年半どんな暮らしをされていたのか僕は何も知りませんが、ただ文面からはしっかりと、以前にもあった、メールを送るご自身とメールを受け取る側の作家との（実際の）距離感を平気で無視したなれなれしさ、というか、懐かしいといえばいえなくもない神経の図太さが伝わってきて、そのへんは相変わらずだな！　と思いました。双子のお子さんたちも元気に成長されているそうで何よりです。こちらもまあ、相変わらずの日々です。一点、左耳の不調を除けばとくに変わりはありません。きょうもくまちゃんから譲り受けた旧型キーボードでこのメールを書いています。だれなんだよ、くまちゃんて？

文豪病の疑いもある左耳の不調については、この連載を「佐藤正午ウォッチャーとして毎月かかさずチェックしていました」の東根さんはご承知かと思います。去年からずっと、難聴と耳鳴りと聴覚過敏に耐える日々を送っています。いまも左耳から炭酸水の泡のような音が聞こえています。シュワシュワシュワシュワシュワシュワ。

不調とひとくちにいっても、日によって症状には多少の変化があり、なかでも耳鳴りには音の強弱の波があります。その強弱を5段階に分けて、最強をレベル5、最弱を0と仮に設定します。この設定に医学的根拠はありません。近所の耳鼻科のお医者さんに教わったとかそういうんじゃなくて、あくまで僕個人の感覚をもとにした適当な設定です。それでいくと今日はレベル3です。

レベル3以下だと書き仕事してても集中力が保てるんです。レベル3が、どうにかこうにかギリのところです。

これがたまにレベル4に上がることがあり、その日はもう仕事になりません。そして最強のレベル5というのは、いまだ達したことのない、ちょっとどうなるかわからない未知の領域です。経験したことのない未知の領域も一応あったほうがいいと思うので設定だけしています。反対に、最弱の0というのは耳鳴りが消えた状態のことですね。去年の秋、耳鳴りが始まる以前の、六十年以上そうやって生きてきた自分の耳の状態のことです。それがどんな耳だったかもう思い出せません。あと、レベル1まで下がったこともまだありません。

先日、珍しく今日はレベル2だなと思える日があって、久しぶりに髪を切りに床屋さんに行ってきました。聴覚過敏の耳に、鋏《はさみ》を使う音や、シャンプーの水音や、床屋の主人の話しかける声が耐えられるかな？　と不安ではあったのですが、朝からレベル2というのはそうそうないし、この日を逃したらまた出不精になりそうなので思いきって出かけました。

イヤーマフを着けて現れた僕を見て、床屋の主人が、何ですかそれは、音楽ですか？　と大声で訊ねました。続けて、髪伸びましたね佐藤さん、ハトゲキのトヨエツが来たかと思いましたよ！　去年の年末以来ですよ？　もうそろそろ三ヶ月経ちますよ！　とも言うので、訳を話すと、え、それは……と急に痛ましやという顔になって、そこからは小声で、しきりに気の毒がってくれて、カット前のシャンプーも優しい手つきでやってくれました。その後、鋏を構えたところでふと「あっ、そうだ、いいこと思いついた」と呟いて持ち出してきたのが、なんとパンチパーマ用の耳当てでした。

それは形状としてはヘッドホン型の耳当てで、といっても頭頂部にヘッドバンドを掛けるのではなく、逆向きにして、ヘッドバンドが顎《あご》の下側にくるようにして使うのだそうです。喩えとしては医者が使う聴診器、あれの、患者の胸にあてる円盤部分とそこからつながるチューブを取り外した状態を想像してみてください。ぱっと見そんな感じです。逆向きにしたアーチ型のヘッドバンドは顎にぴったりくっつかずに、だいぶ離れて垂れ下がる恰好《かっこう》になります。つまりこれだと耳当てしたまま頭部全体のカットが可能なのです。で聴覚過敏の耳に着けてみた感想は、そら、ないよりましだけど？　というところでした。

「これ、パンチパーマあてるときのためにあるの？」

「そうです。コテが耳に触れると火傷《やけど》しますからね」

「あてるひといるのパンチパーマ、最近？」
「いませんね。これ使うの今年初です」
六十六歳の春、僕は生まれて初めてパンチパーマ専用の耳当てというものを知りました。そして実際に装着した自身の姿を鏡で見ることになりました。耳の不調のおかげで見聞が広がります。

また先日、昔の知り合いとメッセージのやりとりをする機会があって、元気かと最初に訊かれたので「耳鳴りと聴覚過敏であんまり元気はない」と正直に返信すると、ああそれなら自分も同じ症状にさいなまれた経験がある、鼻の穴をそれなりのもので洗うと多少改善するかもしれない、少なくとも自分は随分良くなったおぼえがある、物は試し、一回やってみるといいと勧められました。少し迷ったのですが、スマホに残ったメッセージを読み返して、「さいなまれた経験がある」という表現に何となく真実味が感じられたので、そのそれなりのものと知り合いが言う市販の「鼻うがい」のスターターキットなるものを買ってきて試しました。

人の体温ぐらいの温度の生理食塩水を、指定のボトル（透明な柔軟性のある素材）に入れて用意し、天辺《てっぺん》に小さな穴のあいている先細のボトルのキャップを鼻の穴に挿しこんで、ボトルの胴体をぎゅっと（かどうか力加減はよくわからないけど）握りしめるようにすると中身の生理食塩水が押し出されて鼻の穴に入って、またすぐ反対側の鼻の穴から流れ落ちてくる。……そういうことをテレビだったかYouTubeだったかでやってみせている映像は以前見たことがあって、滑稽だな！　と思っていたのですが、それをこのたび自らの意志で（真面目に）やってみました。六十六歳の春、人生初の鼻うがい体験です。一方の鼻の穴から入った生理食塩水が、反対側の鼻の穴から、あ、ほんとにこうやって出て来るんだ！　と実体験できました。ひとりで洗面所の鏡に向かって、何が嬉しいのかちょっと笑顔になったりもしました。

効果についてはここでは述べません。取り扱い説明書を読むとそもそも花粉症や風邪対策のためのもので、耳鳴りや聴覚過敏の症状を緩和しますなどとは一言も書かれていないし、それで鼻うがいをやってみてどうだったこうだったと——たとえば少し耳鳴りがやわらいだようだとか、目立って変わった点はないとか、ここで述べてもあんまり意味があるとは思えないからです。いらぬ誤解を招くおそれもありますしね。ですから東根さんがもしいつか、いまの僕と同じ症状にさいなまれるときが来て（まあ、来ないでしょうが）、ロングインタビューのメールじゃなくて個人的に、鼻うがいってどうなんでしょう？　有効ですか？　と僕を頼ってこられたら、そのときはこの経験をいかして感想をお伝えしたいと思います。まあでも、やっぱり、そのときなんて来ないでしょうね！

それからまた先日、こんなことがありました。

仕事が一段落して午後二時頃、DKのテーブルで昼食のサンドイッチを食べていると、ガサッと荷物を床に降ろしたような音がしました。僕は驚いてその音のした右側のほうへ顔を向けました。そっちには廊下に通じるドアがあります。家族は仕事にでかけて家には僕ひとりしかいないはずなのに物音がする。扉のむこうに誰かいる！ そう思って驚いたわけです。

そっと立っていって、扉を開けて廊下を覗《のぞ》いてみましたが誰もいません。そっちにある部屋の中も、風呂場やトイレも開けて確認しましたが人の気配はありませんでした。でも昼食のテーブルに戻ってまたしばらくすると、ガサッと同じ音がします。また僕はびくっと驚いて、食べかけのサンドイッチを両手に握ったまま、扉のある右のほうへ臆病な視線を投げかけました。が、ふいに、ある疑惑が芽生えて、その視線をゆっくりと手もとのサンドイッチへ戻してみて……そのときになってようやく音の正体に気がつきました。

食べ始める前、サンドイッチはアルミホイルにくるんであったのですが、ひらいて食べている途中で、具の胡瓜《きゆうり》やトマトがはみ出して下敷きにしたアルミホイルの上に落ちていたのです！

これ、このお粗末、どういうことかというと、ふだんは耳鳴りと聴覚過敏ばかり気にして忘れがちなのですが、左耳には僕は同時に難聴の症状も抱えています。ただでさえ難聴で聴こえづらいところへ、いまは一日中止《や》まない耳鳴りのせいで左耳はほぼ聴力を失っている状態なんですね。で、つまりサンドイッチの具が真下のアルミホイルに落ちてたてる音を、右耳のみが聞き取るんです。左耳はその音を拾わない。音は右側の耳からしか入ってこない。そのせいで音が実際に生じた場所よりもずっと右のほうから聞こえているように錯覚するわけです。目の前ではなく扉のむこうから聞こえているように。おそらくそういうことだと思います。

ただ、それだと左耳の聴覚過敏とのツジツマが合わないような気もしますが、僕の考えでは、ある種の音のグループがあって（甲高い声とか、紙の擦れる音とか、ものが弾《はじ》ける音とか）、それらの耳障りな音には不快を感じて過剰反応を示すけれど、他のそれほどでもない物音に対しては、左耳の聴覚は、エラーを起こして無反応を決め込み、聞き取りの仕事はぜんぶ右耳に押しつけている、というような（仮説ですが）役割分担になっているのかもしれません。そういえばこないだは家族がいるときに、換気扇の音がうるさいから止めてくれと僕が言うと、いま換気扇はまわっていない、と家族がベランダ側の窓のほうを指差して、この音は外から聞こえている、お隣りさんの車のアイドリングの音だと教えてくれたことがありました。ちょっと呆れたような顔をして。確かそのときも、僕の立ち位置からすると換気扇が右耳の方向にあり、音が入ってきていると家族が言う窓は左耳側でした。

♨

こんな感じです、東根さん。

今年に入ってから僕はこんな感じで毎日暮らしています。一日に二時間か三時間の書き仕事、そのときだけ集中力ふりしぼって、あとは左耳のご機嫌をうかがいながら、家の中でだらだら過ごしています。相変わらずといえば相変わらずですが、ときおり無性に、なんというか、厭世観にとらわれたりもします。まあ、そういうのもふくめて相変わらずということでしょうか。

近頃はテレビも映画もYouTubeもめったに見ません。聴覚過敏の耳につらいので、音楽もラジオも聴きません。外出は夕方の散歩だけです。イヤーマフ着けて人《ひと》気《け》のない道を歩きます。夜はもっぱら本を読んでいます。同業者が書いた小説を感心したりあくびしたりしながら読んでいます。一日の終わりには、心を落ち着けるための錠剤を服用します。明日になったら耳鳴りがすっかり消えていますように、とまでは高望みしないけれど、どうにかこうにか仕事ができるレベルでありますようにと祈る気持ちで、何に祈っているのかは自分でもわかりませんが、ベッドに入り、静かに息を吐いて、灯《あか》りを消します。

明日もレベル3で迎えられますように。

276
東根
2022/04/13
14:25

件名：自力で？

先月はお返事ありがとうございました。

私が知りたかったことは完全にスルーされてしまいましたね。この感じが、懐かしかったです。そうでしたそうでした、この感じ。実際に返信をいただき、それを読んだときの、あれ？　正午さん、私の質問にぜんぜん答えてくれてないじゃん！　とわかったときの、額にじわっと汗がにじむような、どういうわけか上半身が少し火照《ほて》って自然と苦笑してるような、この感じ。うれしかったです。

でも、懐かしがってばかりもいられません。今月どうするのよ、って話です。『月の満ち欠け』映画化にまつわる質問は無視されてしまいましたが、正午さん、これは、とりあえずいまはスルー、ですか？　質問の仕方がいまいちでしたか？　いつかまた同じことを訊いても、答えてはいただけませんか？

以前この連載で、私が『アンダーリポート』の映画シナリオ案をちらっと脚本の体裁で書いて送ったことがありましたよね（✉122）。見よう見まねで書いていたんでしょうけど、私には映画やドラマの脚本を夢中になって読んでいた時期がありました。学生のころの話です。大学の図書館で『シナリオ』という月刊誌のバックナンバーをむさぼり読み、向田邦子さんや山田太一さんや倉本聰さんといった大家のシナリオをまとめた本も読みました。シナリオライターになりたい！ みたいな野望があったわけではなくて、単純に読んでいて楽しかったんですね。この脚本をもとにしてあの映像作品がつくられたのか、と覗き見しているような感じもあって。

小説が映画になる、と言葉にするのは簡単ですけど、脚本家や監督の立場からすると、想像ですが、この小説をどうやって映像にまとめたら一番いいものに仕上がるか、といろいろ試行錯誤すると思うんです。

そうした制作現場のかたわらで、原作者の正午さんが具体的に何かされているのか、何もしていないのか、私は知りたかったんです。個人的な興味から、映画『月の満ち欠け』の裏話的なことを訊いてはまずかったですか？

では、もうひとつ別の質問を。

私ばかりでなく、たぶんこの連載を読んでいる読者のかたも心配されていることだと思います。具合が良くない左耳についての質問です。

正午さん、ちゃんとお医者さんに診てもらっているんですか？

どうしてこんな質問をするのかといえば、前回の「鼻うがい」はもとより、これまで書かれていた「漢方の煎じ薬」や「蜂の子カプセル」など、正午さんが左耳の症状を緩和させるためにやっていることが、どうも専門家の意見を聞いてやっているように思えないからです。なんだか、自力で治そうとしていませんか？

今年一月のメールには、「去年耳鼻科にかかったときの感想とか、まだほかに書くこともあるにはある」とありました。そのとき何かあったんでしょうか？

頼りにされている防寒用の耳当ても、そろそろ暑く感じる季節だと思います。余計なお世話だ、と言われることは、重々承知しています。でも、どうか大きな病院でしっかりと検査してもらってください。

277
佐藤
2022/04/21
11:37

件名：自力で！

そうです、東根さんのおっしゃる通り、僕は具合の良くない耳を自力で治そうとしています。

……いや、自力で治すというのはちょっと違うかな? この何ヶ月かの七転八倒ぶり(誇張少々)を振り返ると、左耳の不具合、耳鳴りや聴覚過敏や耳閉感《じへいかん》に、自力で立ち向かおうとしている、そのほうが実感に近いかもしれない。……いやでも、それも違うか。そんなに勇ましくないか。じゃあ何だろう。立ち向かうよりも、なだめるとか。手なずけるとか。あと、飼い馴《な》らすとか。この耳鳴りと折り合いをつけるとか、かな。とにかくいまは自力で。

二、三ヶ月前の話になりますが、就寝前に常用している抗不安薬をいったん中止したことがありました。耳鳴り関連の情報を検索しているうちにたまたま、その抗不安薬の副作用の一つとして耳鳴りをあげているサイトを見てしまったからです。そうか、これが原因で耳鳴りが起きている可能性もあるのか! と思って呑むのをやめてみました。やめたら眠れなくなるかも、という不安を気合いで押さえ込んで、二日目まではなんとかなりました。なんとかなったというのは、短いながらも睡眠はとれたという意味で、耳鳴りもギリ辛抱できました。ただそのかわり聴覚過敏の症状が一気に悪化しました。食事中にも歯でものを嚙《か》む音が頭蓋骨に響いて不快を感じるほどに。おまけに三日目になると一睡もできなくなりました。全身の筋肉が凝り固まったような辛さをじっと堪えて、ベッドに仰向けになったまま朝を迎え、家族が仕事に出たあとぼーっとした頭でスマホをいじっているとたまたま、こんどはあるサイトで、耳鳴りや聴覚過敏の治療の一つとして抗不安薬が用いられるという情報を見てしまいました。はあ？　と思わず声に出ました。それからまた別のサイトへ飛ぶと、抗不安薬を急にやめると離脱症状というものが出ますよと注意喚起があって、その離脱症状の一つとして耳鳴りがあげてありました。はあ？

なんだそれ。はあ？　抗不安薬の副作用で耳鳴りが起きてるかもしれないのに耳鳴りの治療に抗不安薬が用いられる？　で？　しかも？　抗不安薬の副作用で耳鳴りが起きてるかもしれないのに抗不安薬をやめるとその離脱症状で耳鳴りが起きる？　はあ？　そんなバカな話があるかっ！　頭にきて、錯乱して、手にしていたスマホをマジで壁に投げつけてしまいました。すぐに拾ってみたら画面に大きな縦ヒビが入っていました。睡眠不足で体調は悪いし、耳鳴りは一向に止まないしでどうしていいかわからず、というかもう抗不安薬を頼るしか手段はなく、朝から泣きたくなりました。実際目には涙が滲《にじ》んでいました。七転八倒ぶり、とさっき書いたのは、つまりそういった類いのじたばたです。その積み重ねです。

ちゃんとお医者さんに診てもらっているんですか？　と東根さんは無邪気に質問さ

れていますが、去年の暮れ、一回だけ耳鼻科にかかった経験から率直な感想を言えば、お医者さんは、耳鳴りの患者をちゃんと診てくれません。ただただ耳鳴りの症状を抑えたい、そういうシンプルな目的を持って、専門家の助言をあおぐつもりで（相談に乗ってもらうつもりで）病院へ行って、待合室で一時間も二時間も待って、ようやく順番がきて診てもらっても、残念ながら目的は果たされません。

お医者さんがやりたがるのは聴力検査です。検査結果を映したモニターを示して、ご覧なさい、右は正常値ですが左の耳の聴力は明らかに低下していますと教えることです。教えられなくても検査する前からそんなことはわかってるんですがね！　あとは音が耳から入って脳へ伝わる仕組みを説明したがり、そしてお医者さんは大きな病院への紹介状を書きたがります。

いまから八年前に左の目にノウホウができたときの話、憶えていませんか？　探してみたら『書くインタビュー２』の中でそのときの経緯を語っています。

「最初、眼科で診てもらったら、医者は、これは腫瘍《しゅよう》で良性か悪性か検査の必要があります、と言いました。紹介状を書きます、それを持ってこんどは午前中に大学病院へ行ってください。紹介状書いてもらうのは有り難いけれど、そのまえに自分で良性か悪性か診断できないのか、それが眼科医の仕事じゃないのか、患者が保険証持ってここに来る目的じゃないのかと不信をおぼえたので、紹介状は辞退して、もう一軒眼科をはしごしてみたところ……」

と東根さん宛のメールに書いています（✉083）。

そのときと、まあだいたい同じです。

八年前はまだ別の眼科で診てもらう元気もあったのですが、今回は最初でめげました。時間の無駄だと思いました。次に行った耳鼻科でまた前もっての説明もなくゲームみたいな聴力検査をやらされて、あげくに５千円も６千円もふんだくられるのはバカらしいとも思いました。なんで最初に診察費用の説明をしてくれないんでしょう？「じゃむこうで聴力検査してきて」とか、ろくに患者の話も聞かずに言うのでしょう、お医者さんは？

今日も（昨日もおとといも）レベル３です。

仕事場の窓の外は快晴です。

窓は左側にあって、そっちの耳では相変わらず炭酸の泡がはじける音が聞こえています。シュワシュワシュワシュワシュワ。そこへ古い冷蔵庫が頑張って唸ってるような低音の響きが重なっています。ブ————ン。

自力で耳鳴りや聴覚過敏と折り合いをつけるために、漢方薬や耳当てや鼻うがいのほかにどんな試みをしているかというと、たとえばスプーンやフォークのたてる音をなるべくちいさくするために木製のものを使っています。またたとえば歯磨きには長年電動歯ブラシを愛用していたのですが、それも振動音が耳につらいので、いまは自分の手を動かして「毛のかたさ・やわらかめ」の歯ブラシで磨いています。トイレ使用後の水も（小の場合ですが）流水音が耐えられないと思うと流さないときがあります。次にトイレに入ったとき、または三回目に入ったときにまとめて、そのときは左耳を手のひらで（四六時中耳当てはしてられないですからね！）覆ったうえで流します。まあこのトイレの件は、家族が仕事で出かけたりして家にひとりでいるときですね。家族がいるときにこれをやるとたぶん揉め事が起きると思います。

あとつい最近ですが緑茶を飲むのをやめました。

緑茶にはカフェインがふくまれていますからね。あるところから得た情報によると、そのカフェインが耳鳴りを持っているひとには禁物らしいのです。もちろんコーヒーもそうでしょうが、そっちはとっくに（自発的に）飲むのをやめていました。仕事中に飲む習慣だったコーヒーの代わりに、漢方の煎じ薬の入った茶碗を机に置いて仕事するようになっていました。もう何ヶ月も前から。茶碗の中の煎じ薬はコーヒーの色と似ているので、視覚的にはさほど違和感もなくなじんでいます。

カフェインが耳鳴りによくないというその新情報は、WEBきららの編集部から送っていただいた週刊誌で知りました。郵便で届いたその週刊誌の表紙には、どなたかの手でポストイットが貼られていて「助けになれば幸いです」とメモが記してありました。ご親切ですね！

でその週刊誌（週刊ポスト・W袋とじスペシャル特大号）で特集されている「名医が教える耳鳴り&副鼻腔炎克服大全」の「耳鳴り編」の解説によると、カフェインは内耳を興奮させて異常を誘発するので「お茶なら緑茶より麦茶を」飲んだほうがいいということです。素直に、へえ、と思って実行に移しました。数日前から緑茶はやめて食後には温かい麦茶を飲んでいます。

余談ですが麦茶って、お湯を沸かして煮出して一回一回大量に作り置きして、と飲むのにどうも手間ヒマかかるような印象を持っていたのですが、そんなことは全然なくて、緑茶と同じように急須で簡単にいれられる便利なものが売られているんですね。そうじゃないといまどき誰も（僕みたいに無精な人間は誰も）麦茶なんて面倒臭がって飲まないですよね。ちなみにいま僕が飲んでいるのはティーバッグタイプの、「水出し・お湯出し」どちらでもいける麦茶です。ティーバッグ30個詰めの袋の表に目立つように「ノンカフェイン」と謳ってあります。

ところでもうひとつ余談ですが、特集記事の「副鼻腔炎編」のほうに、鼻トラブルを改善するセルフケア――その基本として鼻うがいが取り上げられていて、準備、と、やり方、に分けてそれぞれ箇条書きで丁寧に解説してあります（イラストも付いています）。

そのやり方の４番目の項目に、

　やや前かがみになり「あー」と声を出しながら、容器の側面を握ってぬるま湯の半量をゆっくり鼻へ押し出す。

　と書いてあって、これがね、この「あー」、、、、と声を出しながら、、という具体的な指示が、なるほどなあと勉強になりました。僕が以前買ってきた鼻うがいのスターターキットの取り扱い説明書では、そこのところが「口で息をしながら」となっていたんですね。もちろん「口で息をしながら」で間違いではないんですけど、ただ、口で息をすることを意識して慣れない鼻うがいに挑戦したときに、つまり「口で息をしながら」だから口で息を吸って吐いて、吸って吐いて……ということをあまりに強く意識して鼻うがいをやってしまうと、僕みたいに要領の悪い人間は吸わなくていいところで息を吸って、たぶん同時に鼻からも吸ってしまって、容器の中の生理食塩水が喉に入り込んでガハッガハッと咳《せ》き込むことになったりもしたんですね。それがこの「あー」と声を出しながらだと見事に回避できます。実際やってみました。これだとどんなに要領の悪い人でも失敗の確率はかなり低くなります。そう思います。ですからこっちを、もし将来東根さんにそれを必要とするときが来れば、お薦めします。教訓その1——鼻うがいは「あー」と声を出しながらやる。

あとまた特集の「耳鳴り編」のほうに戻ると、耳鳴りをやわらげるための運動として、NASAスクワットと、1分しこ踏みと、タオル踏みが推奨されています。このなかで僕は一回だけですが、1分しこ踏みというのを試してみました。これはどういうものかというと、……まあ想像つくでしょう。お相撲さんの四股踏みの真似をやるわけです。「力士の土俵入りをイメージしつつ」と説明されています。できるなら、ヨイショ！　と掛け声をつけたほうが（そうしろとは書いてありませんが）より土俵入りっぽくなるかもしれません。「片足を上げ、重心を移動したまま2秒キープ」とあるのがポイントのようです。僕は右左一回ずつやってみて、……またこんどにしようと思いました。教訓その2——四股踏みは見た目ほど簡単じゃない。

気がついたら今回も耳の話に終始してしまいました。

実はもう一、二点、週刊ポストから得た耳鳴り情報に触れるつもりでいたのですが、長くなるので今日はやめておきます。

回答は以上です。だいたいこんな感じで僕は、ちゃんとお医者さんに診てもらわず、もしくは診てもらえず、自力で！　耳鳴りや聴覚過敏との折り合いをつけるために目下、試行錯誤しています。ここ何日かのカフェイン絶ちの効果がはやくも表れたのか、それとも偶然なのか、今朝はレベル2です。耳鳴りがすっかり消えたわけでもないのに、昨日と比べるとすこぶる快適に思えます。では次の質問どうぞ。

278
東根
2022/05/12
22:02

件名：病院へ行こう

WEBきらら編集部から正午さんのところに届いた『週刊ポスト』は、四月二十二日号ですね？　GWのさなか、オオキさんに送ってもらって、私も「名医が教える耳鳴り&副鼻腔炎克服大全」の特集を読みました。モデルの女性（なぜかスポーツブラ姿）が、1分しこ踏みとか耳トレを実演している写真も見ました。

もちろん、記者のかたがしっかりと「名医」に取材した記事にちがいないはずです。耳鳴りのほうは「内耳からくる耳鳴り」について原因や改善策がまとめられていましたね。そこにこんな記述もあります。「なお、耳でなく脳に起因する耳鳴り（頭鳴り）もあり、そちらは腫瘍や脳過敏が疑われる。耳にいい生活を送ってから1か月ほど経っても改善されなければ、病院へ行こう」

ここは読み飛ばしていませんよね？

やっぱり正午さん、「自力で！」とか言ってないで、ちゃんとお医者さんに診てもらったほうがいいですよ！　「病院へ行こう」ですよ！　だって怖いじゃないですか、「脳に起因する耳鳴り（頭鳴り）」もあるなんて。

あんまり怖くはないのでしょうか？

去年からさいなまれているその耳鳴りが、内耳からきている、とはっきりわかった上で、正午さんは何か月も試行錯誤されているんでしょうか？

オオキさんも心配してましたよ。

『週刊ポスト』を送ってもらったあと、電話で少し話しました。正午さんは「次の質問どうぞ」とか書かれてましたけど、だいじょうぶなんですか？

「なんか辛そうだし、紹介状書いてもらったんなら、たらい回しでもなんでもいいから、いちどガチで検査してもらったほうがいいよ」

「ですよね」

「佐世保には大きな病院がいくつもあるし、どの病院にも耳鼻咽喉科とか専門のお医者さんがちゃんといるんだし」

「そうなんですか？　よく知ってますね」

「うん、とっくに調べてる。病院の場所も知ってる。ほんとコロナとかなかったらさ、佐世保まで行って何日かかろうと付き添いたいよ、正午さんのたらい回しに。新作もこのままだとどうなるんだか……」

と、最後はなんだか元気のない声でした。もちろん若干、脚色しています。でも「たらい回し」という表現や「付き添いたい」という言葉がオオキさんの口から出たのは事実です。ほんとうに心配そうでした。

このインタビューの聞き手に復帰して三通目のメールになります。私は『月の満ち欠け』の映画化のこととか新作のことをぜひうかがいたいと腕まくりしていたんですけど、まさかこの連載で、「病院は好かん!」「お父さん、お願いだから診てもらって!」といった、まるで私の家族そのままみたいなやりとりをくり広げることになるとは思ってもいませんでした。

それでも私は、「正午さん、お願いだから診てもらって!」と書きます。

正午さんの耳の症状は、私やオオキさんだけでなく、読者のかたもくわしく知っています。けれども、まずそれを伝えるべきなのは、親身になって診てくれるお医者さんではありませんか? 前回のメールからすると、そんな医者はいない、と正午さんは言うかもしれません。たぶんいますから! それで、病院を「たらい回し」にされたエピソードとか、探せば、正午さんにすごくおもしろく書いていただけそうじゃないですか？　メールをいただくほうも、それから読者のかたも、やっと病院に行ってくれたか、と少し安心して読めると思うんです。

それとも。正午さんが病院に行かないのには、なにかほかに理由でもあるんですか？　耳鳴りや聴覚過敏の辛さにもめげないで執筆に励む、自分の健康さえ顧みずに書く！　って、いかにも作家っぽいイメージですけど、それが正午さんらしいか？　と問われれば、私はちょっとちがうように感じます。

ちなみに正午さん。くだんの『週刊ポスト』の袋とじはご覧になりましたか？　袋とじページを切ったり破いたりする音も、耳に障りますか？

279
佐藤
2022/05/23
11:43

件名：お前達は一切の音を立てるな

こんにちわ。

今日はまず小説の話から入ります。

川端康成に『掌の小説』という本がありますね。

とても短い小説、いわゆる掌編小説を（ショートショートという言い方でもかまわないと思いますが）百以上も集めて一冊にまとめた本です。新潮文庫から出ています。東根さんもたぶんご存じでしょう。僕もこの文庫本は高校時代買って本棚に並べていた記憶があります。短いから楽して読めるような気がしたのに意外と歯がたたなかった、というおぼろげな記憶も、あるような、ないような、そんな感じの本です僕にとっては。

それはともかく、その『掌の小説』の百編を超える掌編の中に「心中」と題された作品があります。でこれがどうやら、聴覚過敏をテーマに書かれているらしいのです！

らしいのです！　とビックリマークで強調するわりに推定でしか言えないのは、その情報を僕はひとから教えられたわけです。高校時代に読んだ、かどうかも怪しい本の内容を自分で憶えているわけないですからね！

僕に教えてくれたひとは、その情報をラジオで聞いたのだそうです。運転中によく聞くラジオ番組で小川洋子さんが（こちらは現役の作家なのでさんづけですが）お話しになっていたらしく、それによるとなんでも、この「心中」という短い小説は、家族との同居を拒否した男が家出して、旅先からわざわざ手紙を書いてきて、おまえたちのたてる物音がうるさいんだよ！　飯喰《めしく》う音とか茶碗洗う音とか、もっと静かにできないのかと妻や子供に不満、怒りをぶちまける、そういう話だということでした。

どういう話だよ？　でもそのひとはそんなふうに僕に話してくれました。「ね、それっぽいでしょう？　川端康成が書いてる家出夫って聴覚過敏だったんじゃないかな？」と言い添えて。

ただこれはあくまで伝聞情報です。聞き書きです。ひとから聞いた「心中」という小説のあらすじを僕がいまだいたいの記憶で書いてみたわけです。しかもそのひとはラジオで小川洋子さんが喋るのを聞いて、それをだいたいの記憶で僕に伝えたわけです。つまりは又聞きの、聞き書きです。川端康成から僕までのあいだに伝令がふたり立っている伝言ゲームみたいなものです。あそこんちのダンナさん、家族がうるさくて家出したってよ？　ほとんど噂話と大差ないようなものです。だいいちなんでそういうあらすじの小説のタイトルが「心中」なんでしょう？

確かめるために自分で読んでみることにしました。じゃあさ、最初から読めよ。ていうか読んだところから書き出せよ。でも物事には段取りというものがあります。ひとからその情報を得て、川端康成の『掌の小説』をアマゾンでポチって、配達されるまでの時間にここまでの経緯を書いておきました。

さて。

読んでみるとその「心中」は文庫本でたった2ページ、プラスほんの2行、の小説

です。掌編の名に恥じない短さです。タイトルから一行空きでさっそく、

彼女を嫌《きら》って逃げた夫から手紙が来た。二年ぶりで遠い土地からだ。

と書き出されています。

すごく興味をそそる書き出しです。彼女と夫に過去に何があったのでしょう。二年間夫はどこに逃げていたのか、彼女は夫を探していたのか、夫はいまどこで何をやっているのか、なぜいまごろになって手紙を寄こしたのか？　知りたいことは多々ありますが、全体がたった2ページプラス2行の小説ですからね、作家にそれを教えろというほうが酷です。読んで想像するしかありません。書き出しの文章から改行されて次に、夫の手紙の文面がマル括弧《がっこ》つきで出てきます。手紙の全文なのか要約なのかはわかりませんが、こうあります。

(子供にゴム毬《まり》をつかせるな。その音が聞えて来るのだ。その音が俺《おれ》の心臓を叩《たた》くのだ。)

それからまた立て続けに二通夫からの手紙が来ます。

(子供を靴《くつ》で学校に通わせるな。その音が聞えて来るのだ。その音が俺《おれ》の心臓を踏むのだ。)

（子供に瀬戸物の茶碗《ちゃわん》で飯を食わせるな。その音が聞えて来るのだ。その音が俺の心臓を破るのだ。）

とどめにもう一通。

（お前達は一切の音を立てるな。戸障子の明け閉めもするな。呼吸もするな。お前達の家の時計も音を立ててはならぬ。）

そして、……とこれ以上の引用をするともう、この小説全体をここに書き写したほうが早いという話になります。たった2ページと2行しかない小説ですから。

では引用はこれだけにして仮に、この夫が聴覚過敏に悩まされている人物であったとして、話を進めます。

読んでわかるのは要するに、夫は子供や妻の日常的にたてる音に怒っているわけです。彼女を嫌って逃げた、と冒頭にあるのは、これはふだん自分らがたてている音に無自覚な、その音に夫が過敏になっていることに気づこうとしない、健康で鈍感な妻を嫌って、と解釈できるかもしれません。夫は、妻と娘、つまり彼女たちの騒々しさを嫌って家を出たのかもしれません。

実際の聴覚過敏持ちとして言わせてもらえば、（子供にゴム毬をつかせるな）という怒りは僕にはよく理解できます。ゴム毬をつく音そのものは近頃聞いたことはありませんが、その音が耳に耐えがたいんだろうなと想像はつきます。散歩の途中でたまにバスケットボールで遊んでいる子供たちと出会うことがあり、そのボールがバウンドして響くタン！　という微《かす》かに鈴の音《ね》がまじったような音が耳に（耳当てをしていても）うるさいことは知っているのでそこからゴム毬のたてる音も類推できます。しかもバスケットボールのドリブルは一回きりではないですし、毬つきならなおさらでしょうからね！　あんたがたどこさっ、とか歌いながら、そのタン！　という音が何回も何回も、えんえん続くともうやめてくれと叫びたくなるはずです。ほんと傍迷惑《はためいわく》です。ただこれは、僕の場合は散歩のコースを変えればすむことですし、手紙を書いてきた夫にしても、なにもゴム毬をつくことを子供に禁止しろと無茶を言ってるのではないと思います。禁止はしないが俺の耳のことを考えてくれ、俺にその音を聞かせてくれるなということでしょう。

同じように（子供に瀬戸物の茶碗で飯を食わせるな）も、（戸障子の明け閉めもするな）の文句も、その種の音が耳にこたえることを知っているので僕は理解できます。瀬戸物のたてる音、これほんとに耳に辛いです。食器棚から親子三人分の茶碗を取り出すときのガチャガチャ音もさぞかし辛かったでしょう。戸障子の開け閉めに関しては、その本来の音も僕は近頃聞いたことはありませんが、以前ここで書いたように壁の照明スイッチを押しただけでもバチッ！　と火花が飛ぶように聞こえるくらいですから、障子をちょっとでも荒っぽく閉めたりしたら、ことによっては爆発音に聞こえるかもしれません。粗雑な妻を持つ夫が気の毒でなりません。あと（子供を靴で学校に通わせるな）については、これはいくらなんでも言いがかりめいて聞こえます。子供の靴といえば一般にイメージされるのはゴム底で、たいした音をたてるとは思えませんから。しかしこの家の子供は耳障りな音の鳴る靴を履いていたのかもしれないし、またそうでなくても、粗雑な妻の血をひいた自由奔放な娘の普段たてる物音がおそらくトラウマになっていて、夫は妄想のなかでこの靴音を聞いているのでしょう。哀れです。

ひとつ思うのはこれが、たとえば、

（学校に行く前に子供に顔を洗わせるな）

とかであれば、聴覚過敏を扱った小説としてより現実に即したものになったのにな

と、少し残念ではあります。

子供が不器用に顔を洗う水音！　そこらじゅうに水をまき散らしながら！

僕の意見では、流れ落ちた水が洗面器なり洗面台なりにぶつかってたてる音ほど聴覚過敏者の耳にとっての大敵はありません。水音って、健常な耳のひとには理解しづらいかもしれませんがそれは兇暴《きょうぼう》です。なんならポタ、ポタッと滴り落ちるしずくの音ですら、昔映画館の暗がりで体験したサラウンドシステムだかドルビーサウンドだかの音響のように大がかりに聞こえます。わかりますか？　わかりませんかね。水が

ひとしずく垂れる音がですね、しんと静まり返った地下トンネル内にいるかのようにピチャッ！　ととてつもなく反響して聞こえるんです。いまのピチャッ！　は頭の中でゴシック体の十倍ぐらいでかい文字に変換して読んでください。なおわかりにくいですか。わかりにくくてもとにかく、そのような音にさいなまれながらも、僕なんかは歯をくいしばって毎日顔を洗っているんです。もし同じ家の中で粗雑な妻や自由奔放な娘が手加減なしに顔をざぶざぶ洗ってたら、夫はたまったもんじゃなかっただろうと思うわけです。

まあそれはいいでしょう。川端康成の小説では（子供を靴で学校に通わせるな）と書かれているわけですからね、（学校に行く前に子供に顔を洗わせるな）ではなくて。滴り落ちるしずくの音の話はとりあえず措いときましょう。昔映画館の暗がりで体験した、から以下は読まなかったことにして忘れてください。

でそれで、最終的に小説では、夫は（お前達は一切の音を立てるな）と命令してくるわけです。（呼吸もするな）と。

これもね、これを夫の癇癪《かんしゃく》として捉えるなら、わからないでもないです。つまり発作的に、ひどい言葉を投げかけてしまう。聴覚過敏のせいで俺は死ぬほど辛い思いをしてるんだぞと。お前達が日常生活で何気にたてる音、朝から晩まで止まない様々な音、それらの音にいちいち俺はダメージを受けてるんだぞと。気づけよ、と。思いやれよ、と。もっと静かにできないのかと。大声を出すなと。俺に話しかけるなと。もう言葉を喋るなと。(呼吸もするな)と。ものいきおい、言葉の綾《あや》でそう言ってしまうのはわかります。正直、僕もこの何ヶ月かのあいだに一、二度、詳細は省きますが、家族にそれに近い暴言を吐いたおぼえがあります。

ですからね、ここまでの結論としてはこうです。この「心中」という小説のあらすじをラジオで聞いただけで「この夫は聴覚過敏なのでは？」と疑って僕に伝えてきたひとの直感は当たっているかもしれない。すなわち小説に書かれた夫は、僕のことであるかもしれない。そういう読み方も成立するかもしれません、ワンチャン。

ただし、この小説にはこのさきがあります。タイトルにふさわしい結末が用意されていて、(呼吸もするな)は、ただの癇癪から出た言葉でも言葉の綾でもなかったように読めます。夫が聴覚過敏持ちであるという読み方、それだけで最後まで読み通すにはやや無理があります。あるような気がします。そこのとこは、たった2ページと2行の小説の、その結末の2行を、読んだひとがどう解釈するかにかかっているでしょう。ていうか、どう解釈していいのか僕には皆目わからないんですけどね。

ここまで書いてきてわからないと放り出すのは無責任のようですがね、ほんとにわからない、高校時代のおぼろげな記憶同様、歯がたちません。なにしろ呆気《あっけ》にとられる終わり方の小説です。仮にこれが聴覚過敏者のいる家庭を描いているのだとしたら、関係者のあいだで相当な物議をかもす小説です。でもじゃあ夫は聴覚過敏でなければ何なんだ？　と訊かれても、僕にはお手あげなんです。この掌編小説、どんなに忙しくても五分もあれば読める小説、東根さんも一度読んでみると僕のわからなさがわかるかもしれません。

あとね、最後に質問に答えておきますね。ここまでがだいぶ長くなったのでさっさと片づけます。

週刊ポストの袋とじは開けたのか？　という質問。

答えは、どうでもいいけど、開けていません、です。

耳鳴り対策の特集ページだけ切り取って週刊誌本体はとくに未練もなく……なんと言えばいいのか、親切に送っていただいたかたの手前、表現が難しいですが……その後、行方知れずです。このことは以前にも書いたと思いますが、雑誌を好んで読む習慣が僕にはないんです。なかでも週刊誌は苦手です、もともと。紙質とか、文字情報の詰まり具合とか。今回も付箋の貼られた特集ページ以外は、ぱらぱらめくる程度でした。袋とじがどうとかこうとかいうんじゃなくて、週刊誌と僕との相性の問題だと思います。袋とじの作成者だって僕なんかには開けて欲しくないんじゃないかな。以上。

件名：解釈の余白

280
東根
2022/06/13
16:20

正午さん、いきなり来ましたね！　小説の話。

しかもノーベル文学賞作家、川端康成。今年は、没後五十年の節目の年だそうです。この春に新装版が出た『掌の小説』（新潮文庫）を私も入手しました。正午さんとちがって、若い頃にこの文庫本を本棚に並べていた記憶はありません。こんなにたくさんの掌編小説を発表されていたんですね、不勉強でした。

で、収録されている『心中』をさっそく読んでみたんですが……。

なんですかこれは？　正直ぽかんとしてしまいました。

特に、「どう解釈していいのか僕には皆目わからない」と正午さんがおっしゃっていた結末の二行は、やはり私の理解を超えていました。えっ、どんでん返し？　いやいやそれにしたって唐突にもほどがあるでしょ、理屈では説明できないし、あ、もしかして私、正午さんに試されてる？　私の読解力を？　ノーベル文学賞作家のハイブロウでキレッキレな掌編を利用して？　いやいや正午さんはぜったいそんなことしな

い！　そんな意地悪なひとじゃない！（えっ、どんでん返し？　からここまで、『心中』を一読したときのこころの声です）

それから何度も読み返すことになりました。

じっさいにページを開いていないときも、たとえばキッチンで食器を洗いながら、「その文字には急に老いが感じられた」って何かを暗示しているのだろうかと考えたり、浴室ではしゃぐ子どもたちの声を耳にしながら、「おお、この音を聞け」と思ったりもしました。はじめのうちは「子供」の立てる音にいちゃもんをつけていた手紙が、最後の一通だけ「お前達」に向けた内容になっているのも気になります。正午さんは気になりませんでしたか？

書かれている分量は文庫本でたった二ページと二行なのに、書かれていないことがそこに百ページくらい潜んでいるんじゃないか、くり返し読んでいると、そんなふうにも思えてきます。正午さんのメールにもありましたけど「読んで想像するしかありません」ね。私が想像したことを、すべてここに書いてまとめているとかなり長くなりそうなので、かいつまんで二つお伝えします。

まず、正午さんが気にされていた「夫は聴覚過敏でなければ何なんだ？」の件。

私にはこの「夫」が、未練たらたらで繊細なひと、に読めました。遠い土地で暮らしていても、「夫」は「子供」や「彼女」と楽しく暮らしていた頃の思い出をなかなか断ち切れないでいる。時には当時の記憶が「音」になって「聞えて来る」、つまり愛《いと》しい日々が鮮明によみがえるたびに、「俺の心臓」はずたずたにされる。ああ、もうだめだ、ゴム毬の音が消えたかと思ったら、こんどは靴の音が……そうやって追い詰められた挙句に、手紙を連続投函したのかもしれません。

ちなみに私も、あるひとの声が「聞えて来る」ことがあります。五年前の夏に聞いた、「あんまりいじめないでください」と誰かに懇願するような声です。正午さん、直木賞受賞会見での忘れもしないあなたの声が、私にはときどき「聞えて来るのだ」。

もう一つお伝えするのは、やはり結末の二行です。

「夫」が家を出て行った理由を、読み出して数回は、どうせ新しい女でもこしらえたんだろう（たぶん若い女性か芸者さんだろう）、くらいに私はぼんやりと想像していたんですけど、読み返すうちに別の解釈に傾きました。

冒頭で「夫」は「彼女を嫌って逃げた」と形容されていますよね。つまり「彼女」のほうに「夫」に嫌われる理由があったように読めます。ここで思い出したのが、この連載では有名な（小説の中では）「どこの奥さんも不倫している」という名言です（✉109）。もしかして不義は「彼女」に（も）あったのかもしれない、そんな「彼女」

を「嫌って」、「夫」は「逃げた」のかもしれない、いや、まちがいない、正午さんの名言はこの『心中』にも当てはまる！　なるほど、「夫」がこれほど未練たっぷりなのもうなずける！　となりました。

ここまでお伝えした上で、結末の二行、というか二文を引用します。

つまり、母と娘とは死んだのである。
そして不思議なことには彼女の夫も枕を並べて死んでいた。

ここに述べられているとおり「不思議なこと」が起きていますね。「夫」は家に帰って来たんでしょうか？　作中にそれを描写しなくても、最後の一文を読んでもらえば読者はおのずとわかるだろう、と作家は考えたんでしょうか？

物語の内容とは別に、この二文で少しひっかかったこともあります。「母」、それから「彼女の夫」という言い回しについて、です。ここまでずっと「彼女」と単に「夫」と表現されていた人物が、急に「母」と「彼女の夫」という言葉に置き換わっていますよね。前二ページまでの流れに即して考えれば、「つまり、彼女と娘とは死んだのである。／そして不思議なことには夫も枕を並べて死んでいた。」でもいけそうな気がするんですけど。これはどうしてなんでしょう？　ここの言葉の置き換えに、正午さんはひっかかりませんでしたか？

最後の二文はあとから書き足されたのではないか、私はそんなことまで想像しました。原稿用紙の上では、いったんこの二文の直前で終わっていて（それはそれでなかなか余韻が残るラストだと私は思うんですが）、作家はそれを編集者に手渡したんです。熱心な編集者はその場で原稿を一読してから確かめます。

「先生。つまり、母と娘とは死んだってことですね？」

「うむ」

「あとタイトルの『心中』、本来の語意としては、相愛の男女が一緒に——」

「そうだな。……わかった、いまちょっと書き足す」

作家は慌てて万年筆を手に取ります。そこで言葉の置き換えが生じる、といった場面まで想像しました。あくまでも私の想像です。

でもそんなことがあり得るのでしょうか、川端康成に限って。

結末の二行について、私の最終的な解釈はこうなります。

手紙を投函した「夫」は「彼女」の前夫で、最後に出てくる「彼女の夫」は現在の夫と読みました。「夫」と「彼女の夫」は別人、という解釈です。そして「どこの奥さんも不倫している」という名言に照らし合わせると、もしかしたら「娘」の実父は、

「夫」ではなく、「彼女の夫」である可能性も大です。『鳩の撃退法』的に、いえピーターパン的に言えば「一ばん内がわの箱」ですね。「彼女」はその事実を隠したまま「夫」と「娘」の三人で楽しく暮らしていたわけです。

そしておそらく、「彼女」の秘密は「夫」にばれたのでしょう。それで「夫」は「彼女を嫌って逃げた」のでしょう。それでも「夫」には、実の「娘」だと思って暮らしていた「子供」との愛しい日々の幻想が「聞えて来る」のです。いっぽうで「彼女」は、「夫」から届く手紙を読んで、日に日に罪悪感をつのらせていったのかもしれません。みずからの過ちで追い詰められた「彼女」は、「おお、この音を聞け」と抵抗するのが精一杯だったはずです。手紙の矛先は最終的に「お前達の家」に向けられ、つまりその家の「母」（でもある「彼女」）と「娘」、それから（本来なら「彼女」と「夫」の問題であるはずなのに「不思議なことには」）「彼女の夫」までも悲しい選択を迫られた、ように読めました。最終的に。

正午さん、私の解釈をどう思われますか？　まちがっていますかね？　一読者である私が、こんなふうに勝手に解釈しちゃったら、作家に怒られますか？　五十年前に亡くなられているので、ご本人に怒られることはないでしょうが、研究者とかはたくさんいそうですよね。鼻で笑われるのがオチでしょうか。

こういう解釈の余白のようなものが潜んでいる作品って、読んだひと同士でああでもないこうでもないと語り合えますし、少し思いあがった言い方になりますけど、この作家がほんとうに書きたかったことを読み取れたのは私だけかも、みたいな錯覚にもとらわれて私は好きなんですけど、正午さんはどうですか？　これこれこうでこうなりましたと一から十まで説明されているような作品のほうが好きですか？　読者の立場からと作家の立場からで、答えは変わりますか？

それから。読者の解釈を、作家はどう受け止めているのでしょうか？　たとえば読者レビューとかで、正午さんの作品が自分の意図とはまったく異なる解釈をされていたら、率直なところ、正午さんはどう思われますか？　そもそも小説の解釈に、「正解」はあるんでしょうか？

件名：なぜ？

281
佐藤
2022/06/21
11:33

文庫本でたった2ページと2行しかない小説、その結末の2行を東根さんはメールに引用して来ているわけですが、そんなことしちゃっていいのかな？　とまず思いました。ネタバレって言葉があるでしょう。小説を読むひとたちがこぞってナーバスになっている言葉が。引用は2行といっても、これが長編小説なら最終章をまるごと書き写してみせているようなものでしょう。いいの、それ？　許される？「私の解釈」がひとにどう思われるか気にする前に、そっちのほうを心配したほうがいいんじゃないでしょうか。怒るひとがいるんじゃないでしょうか、ネタバレ潔癖症のひととか。

……でもまあ、怒るひとがいたとしたらすでに前回、僕の書いたものを読んで頭に血が上ってるかもしれないですね。文庫本でたった2ページと2行しかない小説から、たぶん十行近くは引用したはずだから。これが長編小説なら途中の三、四章分くらいの内容を明かしてるようなものだしね。常日頃ネタバレ潔癖性のひとたちも先月の時点でもう呆れ返って、いいよやれよもうどうでもいいみたいな感覚麻痺《まひ》に陥っているかもしれない。そこに東根さんの救いはあるかもしれない。

それからもうひとつ思ったのは、東根さんのその「私の解釈」がね、文庫本でたった2ページと2行しかない小説の、小説本文よりもむしろ長くない？　と思うくらい書かれているでしょう、それがなんか楽しそうに見えて羨ましかった。

羨ましいというのは、僕が聴覚過敏に悩んでいるから、そうでないひとはお気楽でいいよなとかそういうひねくれた意味ではないんです。そうではなくて、あの短い小説を読んでよくそんなにも語ることがあるもんだなとむしろ感心しています。

梶井基次郎って作家がいるでしょう。いるでしょうっていうほど僕もよく知らないんだけど、名前とね、「檸檬」という教科書に載っていた作品名以外ほとんど何も知らないんだけど、その梶井基次郎が「心中」を読んで、

「川端康成第四短篇集「心中」を主題とせるヴァリエイション」

と題した短文を書いているんですね。

これは青空文庫で読めます。

青空文庫のアプリは前からスマホに入っていて、川端康成の『掌の小説』もそれをタップすれば読めるかも？　と考えて（浅はかなことに。今年が没後五十年目だとか知らないもんで）、紙の文庫本を注文するより先に試しに「心中」で検索かけてみたら、唯一その梶井基次郎の文章がヒットしたんです。ざっと目を通しただけで内容は理解できていませんが。

でその文章と、東根さんの「私の解釈」とをふたつ並べて感心しているわけです。よくもまあ……ていうか、川端康成の「心中」という掌編はよほど、読んだひとが感興を催す／読んだひとに感興を催させる作品なのだろうなあと感心しているわけです。というのも、僕はこの小説を読んでも、まったく催さないんですね感興。それは前

回は、登場人物のひとりが「聴覚過敏者」であるとの仮の見立てがあったから長々と書いてはみましたけど、そうでなければ、つまり小川洋子さんのラジオ（を聴いたひとの伝聞）を通じて耳寄りな情報が入って来ていなければ、この「心中」は、読んだとしても何の引っ掛かりもなく僕の中を素通りしていたと思います。

スルーですね。前回も書いたとおり、登場人物の「夫」が聴覚過敏でなければじゃあ何なんだということになり、僕はそこでお手あげなんです。そして実際のところ、この小説のまともな解釈としては「夫」は聴覚過敏などではないのでしょう。東根さんはそういうご意見のようですし、梶井基次郎も聴覚過敏には一言も言及していません。だったらそれでいいんです。僕も本気で「心中」が聴覚過敏をテーマに書かれているなんて主張したいわけではないし、ではごきげんよう、と手を振っておしまいにしたい。この本には歯がたたないなと感じて本棚に戻した高校時代と気持ちは同じです。

解釈の余白のようなものが潜んでいる作品

という言い方を東根さんはされていますが、そういう小説があるんだろうなとはなんとなく想像がつきます。川端康成の「心中」がまさしくそれなんだよと言われれば、まあそうかもな、とも思います。でもだからといってその解釈の余白のようなものを喜んで埋めに行こうとは思いません。かったるい。余白を埋めるのが小説を読むということなのか。印刷された文字を読んだだけじゃすまないのか。小説は解釈の試験問題なのか。記述式の問題文なのか？　とか思ってしまう。そこが東根さんや梶井基次郎と、僕との違いでしょうか。

本棚に戻す前にもう一回「心中」を読んでみると、冒頭「彼女を嫌って逃げた夫から手紙が来た」とあるのに、夫が彼女を嫌った理由、そもそもの原因には何も触れられていませんね。「二年ぶりで遠い土地から」突然夫は手紙を書いてくるわけですが、そこまでの経緯、二年ぶりに手紙を書こうと思い立った動機も不明です。手紙には夫が子供のたてる音をしきりに嫌がっていることが書かれていますが、嫌がっている理由もよくわからない。それから東根さんによってネタバレしている結末の二行、三人の死因も謎、肝心の心中にいたる事の顚末《てんまつ》も謎です。

それらを全部ひっくるめて言い表せば、この小説に最初から最後まで一つも書かれていないものは、

なぜ？

と読めば当然わいてくる疑問への答えです。

僕に言わせると、なぜこうなったか、という説明がことごとく欠けている。この小説には取りつく島がない。なんだこれ？　歯がたたないとか、お手あげとか、前回から書いてるのはそういう意味です。一方で東根さん流に言うと、説明は欠けているのではなく意図的に省かれていてそこがこの小説の解釈の余白であり、要は読みどころでもあるのでしょう。これがこうしてこうなったんだよね、きっと？「私の解釈」の腕のふるいどころなのでしょう。梶井基次郎が生きていれば東根さんと答え合わせをしてふたりで大いに盛り上がったことでしょう。

これこれこうでこうなりましたと一から十まで説明されているような作品のほうが好きですか？　読者の立場からと作家の立場からで、答えは変わりますか？

と東根さんが質問されているのではっきりお答えしますが、当然ながら好きです。読者の立場からと作家の立場からで答えは変わりません。

僕は小説に、なぜ？　の説明を要求します。読者としても作家としても、その説明を求めつつこれまで何百何千の小説とつきあってきたような気さえします。この際そう言い切ってしまいます。

僕が重要視するのは——東根さんが解釈の余白を小説の読みどころだと考えるよう

に、これがいちばんの読みどころだと僕が考えるのは——なぜ？　の答えの書かれ方です。

なぜ？

なぜならば、という説明において小説家が頭を使い、適切な表現を探し、言葉を探し、語順を入れ替え、辞書にあたり、書いたものを読み返し、読み返し、飽きずにいじり、書き直して完成させたその文章、それがどう書かれているか、です。すなわちそこに印刷されてあるもの、またPCなりスマホなりの画面に表示されているもの、日本語を読めるひとなら文意が読み取れるもの、文章そのものの姿です。

余白ではありません。僕は小説には余白を求めません。ていうかさ、小説に余白が要るか？　と心の「一ばん内がわの箱」に疑いを宿している者です。どちらかといえば僕は、小説に余白要求派ではなく、小説に余白が要るのか懐疑派です。

読者の解釈を、作家はどう受け止めているのでしょうか？　たとえば読者レビューとかで、正午さんの作品が自分の意図とはまったく異なる解釈をされていたら、率直なところ、正午さんはどう思われますか？

とも東根さんは質問されていますが、これに対する答えは、率直なところ、そんな食い違いが起きるとは思えない、です。

読者が佐藤正午の小説を読んで、それを書いた僕の意図とはまったく異なる解釈をするなんて考えられません。だって僕は小説に余白が要るのか懐疑派としてずっと小説を書いて来たからです。なぜ？　なぜならばの説明をデビュー作以来、どの小説においてもおろそかにした憶えはないからです。川端康成の「心中」とはいわば正反対に、余白をひとつも残さないようにして小説を書いて来たわけですから、そもそも読者に余白の解釈など求めていないわけですから、求められてもいないことを敢えてやるそんな奇特な読者がどこにいるでしょうか。

それはまあ、僕が書いた、なぜ？　なぜならばの説明に納得のいかない読者なら中にはいるかもしれません。書かれていることに不満を持つひとたちですね。でもそれは小説の解釈ではなく、小説の評価でしょう？　低評価。アマゾンの読者レビュー星一個、この小説クズ、買って損したとかでしょう？

それならわかります。小説に余白が要るのか懐疑派の、読者としての立場から、の話をすれば僕だって、ほかの作家が書いた小説を読んでそんなふうに貶《けな》したくなることはあります。

小説でひとが殺されました。殺人事件の捜査が始まりました。犯人の目星がつきました。アリバイが崩れました。犯人がつかまりました。で犯人告白。なぜ？　なぜひとを殺してしまったの？　なぜならば……って説明読んで、は？　いやいやいや、嘘でしょ、殺人の動機がそれ？　そんな子供の絵日記みたいな文章で足りる？　夏休みの宿題かたづけるみたいな？　そんな動機でひとがひとを殺してしまう小説を知らずに読まされてしまってたの？　と思うことはあります。でもそれは小説の解釈の問題ではありません。小説の出来不出来の問題です。

そもそも小説の解釈に、「正解」はあるんでしょうか？

そしてこれが東根さんの最後の質問ですが、これに対する僕の答えは、だからね言ってるように小説は試験問題じゃないんだってば！　です。

もちろん、「心中」の作者をはじめとする小説に余白要求派、ないし小説の余白追求派のかたがたの回答はおのずと違ってくるでしょう。想像するに、そっち側のかたがたの回答は、

小説の解釈に「正解」は存在します、「正解」はね、読者の数だけ存在しますよ。とかじゃないでしょうか。それだと丸くおさまって読者も作家もみなさん心が休まりますからね。なんといっても読者あっての出版業界ですしね。でも僕はあくまで小説に余白が要るのか懐疑派なので、そのような癒し系の回答に対しては、ああそうな

んだ？ と言うしかありません。それは違うと強く反対はしません。ただ、ああそうなんだ？ です。

誤解を生まないように一点補足しておくと、なぜ？ なぜならばの説明が、小説にぜがひでも書かれていなければ承知しないというわけでは必ずしもないんです。僕が求めている説明は夏休みの宿題のような辻褄《つじつま》合わせではありません。これこれこうでこうなりましたと因果関係できれいに割り切れない出来事は、現実にもそうですが小説の中でも起きるでしょう。むしろそのほうがリアルな場合もあるでしょう。ですから極論、なぜ？ なぜかはわからない、という説明もありです。「なぜかはわからない」も「なぜ？ なぜならば……」の答えの一種としてあり得ます。ただし「なぜかはわからない」というその答えが、ここがポイントですが余白としてあるのではなく、なぜ「なぜかはわからない」のか、省かれずに文章として小説に書かれていて納得できるならということです。それが小説に余白が要るのか懐疑派の僕の考えです。

Ⅳ めめのこと、小説のこと

件名：続・解釈の余白

小説に余白が要るのか懐疑派の正午さん、こんにちは。余白要求派に分類された東根ユミです。なにも日頃からそういう小説を探し求めてはいないんですけど、読んでる最中に、なぜ？　と思うことがあったら私なりに想像力は働かせます。

暑中お見舞い申し上げます。連日の暑さにバテたりしていませんか？

先月のお返事をいただいて思い当たることがありました。さかのぼって確かめてみると、ちょうど五年前にいただいたメールです。正午さんはこんなことを書かれています。

冒頭は小山内の視点で書かれていますね。いるはずの三角がカフェにいないことに小山内が気づく。

なぜいないのか訊け、と僕は小山内に念を送る。とうぜん小山内は、三角くんは？　と母親に訊ねようとする。しかし声に出して訊ねるまえに、三角さんは、

282
東根
2022/07/13
10:23

と母親が言います。

「今朝はどうしてもはずせない会議があるそうなので。先にあたしたちだけで」

あたしたちだけで何を始めるんだよ？　と書きながら僕は思う。

「来ないんですか」と小山内は確認する。

来ないのかな、と書いている僕も思う。


『月の満ち欠け』の冒頭の場面について、そう書かれていました（✉163）。

登場人物についての情報がページをめくるごとにだんだんと増えていく、という文脈にあった一部ですが、三角くんはここに、なぜいないのか？　来ないのかな？　といった「読めば当然わいてくる疑問」について、正午さんがパソコンを前に自問自答しながら、（その「答えの書かれ方」も趣向を凝らして）書き継いでいる様子がうかがえます。これもそういうことかな、と思ったんです。そういうこと、というのはつまり、正午さんがじっさいに読者としても作家としても小説に、なぜ？　の説明を要求している、ということです。

ところで正午さん。

川端康成の『心中』には「一つも書かれていない」と指摘されていた「読めば当然

わいてくる疑問への答え」について。この「当然」って難しくないですか？　難しいというか、ちょっとビミョーな言葉ではありませんか？

たとえば正午さんが「当然」と思うことと私が「当然」と思うこととは、必ずしも一致しませんよね？　当然ながら。なにしろ、小説に余白が要るのか懐疑派と余白要求派で（一方的に）分断されているくらいですからね。「読めば当然わいてくる疑問」が完全に一致するなんてこともないはずです。同じように、正午さんと読者Aさん、正午さんと読者Bさん、正午さんと読者Cさん……それぞれの「当然」に少しくらいズレがあったほうが、むしろ自然だと思うんです。

それでも正午さんは作家の立場から、なぜ？　なぜならばの説明を、つまり「読めば当然わいてくる疑問への答え」を「おろそかにした憶えはない」と言い切りました。まるで読者の解釈を意のままにコントロールしているかのごとく、「余白をひとつも残さないようにして小説を書いて来た」と。

そんなことがほんとうに可能なのでしょうか？

事実として、たとえば『鳩の撃退法』を連載中に読みながら、私のなかには、作中に描かれた内容について、いくつかの疑問が生まれていました。それが正午さんにとっても「当然わいてくる疑問」だったかどうかはわかりませんが、連載がすすむにつれ、私のなぜ？　が解消されたり、また新たななぜ？　が生まれてきたりもしました。

なぜ津田伸一はそもそもこの小説を書いているのか？　という疑問への答えが連載終盤に見えたときには、あやうくあの作家にときめいてしまいそうな「答えの書かれ方」でした。

　ところが、私のなぜ？　に正午さんが（津田伸一が）すべて答えてくれたか、といえばそうでもありません。宙ぶらりんなままの疑問もあります。具体的には、なぜ倉田健次郎は偽札にかかわっているのか？　偽札を何に使うつもりだったのか？　といった疑問です。「なぜかはわからない」みたいな答えも、ヒントになるような経緯も、『鳩の撃退法』には最後まで書かれていなかったように思います。

　正午さん、これは私の読み方が悪いせいですか？　佐藤正午の小説は「印刷された文字を読んだだけじゃすまない」のでしょうか？　いま例に挙げたなぜ？　は、正午さんにとって「当然わいてくる疑問」ではありませんでしたか？

　もしかして、私のなぜ？　は、津田伸一に「ＴＭＩ」、つまり書き過ぎだと判断されて、葬り去られたってことでしょうか？　作家の名言にある「書かずにすませられること」のほうに選《え》り分けられちゃったんでしょうか？　正午さんとしては「余白をひとつも残さないようにして」書きたかったけど、津田伸一がそれを許さなかったみたいな、作家どうしの衝突でもあったんでしょうか？

一読者の宙ぶらりんな疑問がここにある以上、正午さんの小説にも、解釈の余白のようなものが潜んでいると私は（余白要求派とか抜きにですよ！）思うんです。これについても、「ああそうなんだ？」ですか？

283
佐藤
2022/07/21
12:13

件名：わかることもわからんことも余さず書く

耳の調子を報告します。

良好です。二、三ヶ月前の状態とくらべると快適このうえないです。いっそのこと完治したといいたいくらいです。もちろん完治などしていないのですが。耳鳴りはいまもしつこくありますが。でも卓上カレンダーにはこのところ小さな数字が並んでいます。卓上カレンダーにその日の耳の調子を5段階評価で（5を最悪として）メモする習慣があるんです。三週間ほど2の数字が連続して並んでいます。昨日今日は1・5に下げようかとボールペン持って迷うほどでした。

じつは病院に行ってきました。二軒目の町の耳鼻科に。今年の梅雨は短かったですね。あっという間に明けましたね。それでさあ夏が来るぞと思ったとたん不安になったのです。夏になると蟬《せみ》が鳴くでしょう。このあたりでは毎年七月に入るとぼちぼち鳴きはじめます。七月十日を過ぎると本格的にアブラゼミやクマゼミの大合唱が始まります。でね、その蟬の声にはたして耐えられるかな、この聴覚過敏の耳が？　と俄《にわか》に不安になりました。もともと閉め切った部屋に冷房きかせて閉じこもるのが苦手で、窓を開け放して仕事するのがこの時季の習慣なのに、そこへ朝から一斉にミンミンワシワシ蟬が鳴き出したらどうする、小説なんか書いていられるのか、ていうか正気たもてるのか？

で六月末、ちょうど聴覚過敏がひどくなって食事中の咀嚼音《そしやくおん》にも悩む日々が続いたので、こうしてはいられない、漢方薬とカフェイン絶ちと耳ツボマッサージと、あとなんだ、ときどき鼻うがいとかで、つまり自力で耳の不調と折り合いつけるとか悠長にかまえている場合じゃないぞ、蟬が鳴き出す前にもう一手打たなければ！　と決断して、市内の耳鼻科までタクシー飛ばしました。外はすでに真夏の暑さですからね。マスクしてイヤーマフして歩いてるとぶっ倒れそうなのでタクシー呼びました。

ただもう一手とはいっても着いた先の耳鼻科で、名前呼ばれて診察室に入るまではたいした期待はしていなかったんです。難聴、耳鳴り、耳詰まり、聴覚過敏、いちいち症状は聞いてもらえないだろう、あとの患者がつかえてるしさっさと聴覚検査して、結果を見せられて、鼓膜にも異状はないし治療の妙手なし、状況打開を望むなら大きな病院へ行って診てもらってください、こちらで紹介状書きますから、といった定跡の一手を予想していました、前に行った耳鼻科でそうだったように。ところがこんどの先生は違いました。

「どうしました？」

「それがあの、いろいろとあって、話せば長くなるんですが」

「うん、どんなふうか話してみて」

十分ほど話したと思います。それから聴力検査室に入って、検査が終わると先生は（その合間に他の患者を次から次へ診たりせずに待っていて、最初に行った耳鼻科ではそんなふうに患者をさばいてなんぼの印象だったのですがそうじゃなくて）、検査結果を見て、それからまた二十分ほど話し相手になってくれました。たまたま患者の込み合わない時間帯ではあったのかもしれませんが、検査の前後で計三十分ほど、患者としてこれほど長く医者と対話したのは人生初の経験だったかもしれません。

僕は思うのですが東根さん、ひとくちに医者といっても、やっぱりいろんなタイプのひとがいますね。まだいるんですね。去年の暮れ、最初の耳鼻科に行ったときにはもうね、待合室に患者が大勢いたせいもあるだろうけど、もうまるで順番にベルトコンベアに運ばれるような扱いをうけて、先生の前にたどり着いても待合室で看護師さんに書かされていた問診票に目をやるだけでろくに話をする時間も与えられなくて、そうか、いまどきの町の個人病院てこうなんだ、短時間で診断のつかないケースは大きな病院へ紹介状書いてそっちへ送り出す、そういうシステムなんだ、僕みたいな面倒な高齢者はそれなりの医療施設へ行くしかないんだな、紹介状貰ってうんと早起きして……とそんなふうに思い込まされていたんですね。でもそうじゃない町医者もまだいるということを今回知りました。

ところで三十分、お医者さんとどんな話をしていたの？　と問われたら実はくわしいことは僕も憶えていないんです。こうやってじっくり相談に乗ってくれる、時間も気にせず患者の話を聞いてくれる医者が目の前にいるということに驚いて、というかほとんど感激しながら話していたのでおおかた中身が飛んでるんでしょうね。対話の内容よりも相手の医者への物珍しさのほうが勝っていたんだと思います。つまりそのくらい最初に行った病院でのぞんざいな患者扱いに懲りていたわけです。逆にこのひと、こんな丁寧な診察やってて大丈夫なのかな？　商売成り立つのかな、とか途中でちらっと心配した記憶すらあります。余計なお世話ですけど。

で、その先生が言うには、あなたがいま一番お困りの聴覚過敏の症状が起きている原因については（たぶん）三つ考えられるということでした。そのていどはまあ僕も憶えています。その考えられる三つの原因を今後一つ一つ潰《つぶ》して探っていきましょう。というわけでまず一つ目、ストレス軽減のための（僕の理解では）メンタルにというか脳に働きかける薬を処方してもらい、服用しながら二週間ほど様子を見るということで一回目の診療は終わりました。

あとそういえば、診療の終わりがけにひとつふたつ印象に残ったやりとりがありました。ひとつは僕が半年ほど飲み続けている漢方薬のことです。こんだけ飲み続けても耳鳴りが止まないのは効果がまるでないってことですかね？　率直に訊いてみると
「ではその漢方薬の袋でもラベルでも何でもいいから今度持ってきて下さい。成分表見ればだいたいどんなものかはわかりますから」といった回答でした。このへんにも患者への手厚い応対というか、面倒見の良さが出ているなと感じ入りました。

それともうひとつ、これは最初から呆れられるのを覚悟で、

「やっぱり煙草は論外でしょうね？　本気で治したいなら煙草なんか吸ってちゃダメですよね？」

と百人の医者に訊けば百人が「ダメです！」と答えるだろうと素人にも予想のつく質問をしてみると、

「ああ煙草？　吸いたいなら吸えばいいでしょう、そら煙草は体に害があるでしょうが、そんなのは常識で、その常識もわかったうえであなたが好きで吸ってるわけでし

ょう。なのに吸いたいのを我慢してストレスを溜《た》め込むのもある意味害といえば害です。煙草の一本や二本吸ったからって耳の調子が今より悪くなるなんて考えられないし、吸いたいときには吸っていいと思います。いやむしろ吸ったほうがまし。要はあれもこれもと気にしすぎないこと」

といった感じの（だいぶ僕の言葉に直してはありますが）喫煙者にとってまるで夢のような回答でした。これを聞いて、僕はもうこの先生に一生ついていこう！——は言い過ぎですが、しばらくこの先生の言うとおりにして通院してみようと決めました。

さてそれで、二回通院して、いまです。

ずっと苦しんでいた聴覚過敏の症状、かなり改善されました。

食事中の咀嚼音にイライラせずにものを食べられるようになりました。顔を洗うときの水音から兇暴さが消えました。壁の照明スイッチも普通に怖がらずに押せるようになりました。新聞を読んでいても紙のカサカサたてる音がさほど気にならなくなりました。仕事中に煙草に火を点けるときのジッポのフタの開閉音が耳に痛くて顔をしかめることもなくなりました。心配していた蟬の声も夏の風物詩として例年どおり聞こえています。

もう一度言いますが、以前の生活とくらべると快適このうえないです。いっそ完治したといいたいくらいです。

でも完治ではありません。問題はまだ残っています。だいいちこの快適な日常は毎日呑んでいるクスリに支えられています。クスリをやめたらどうなるのか。いつかやめられる日は来るのか、といった課題は残っています。

しかも難聴は相変わらず、耳詰まり感は以前ほど気になりませんが、左耳の耳鳴りも消えたわけではありません。いまも一日中鳴りつづけています。

また聴覚過敏がずいぶん楽になったとはいっても、例外的に、正常な音量として耳に伝わらない音、どうしても耳に堪え難い音があります。それは主に、ひとの喋る声です。所かまわずはしゃぐ子供の声。男女問わず大人の出す大きな声。あとは自分の喋る声も、口蓋《こうがい》の内側から伝わる音と外から鼓膜を震わせる音と調整がうまくついていないんじゃないかと(自分で)思うのですが、妙に歪《ひず》みのある声に聞こえて気持ちが悪く、左耳に不快感、またはそれ以上の痛みを感じるときもあります。

この難儀がどういう意味を持つかというと極端な話、他人との会話ができない状態だということです。自分ひとりでものを書いているとき、本を読んでいるとき、ネットで競輪ライブを(音量をしぼって)見ているときはだいじょうぶなんです。何の不都合も感じないんです。だから小説書きの仕事はフツーにできます。車券も外しまくったりできます。ところが外を散歩中に、めったにないことですが子供に大声で「こんにちわ！」と挨拶されたり、知り合いに「佐藤さん！　ひさしぶり！　元気？」とか話しかけられたりするとダメです。地声の大きなひとはとくにダメです。身をすくめて、てのひらで左耳を（イヤーマフごと）おさえて、うるさいんだよ！　と口には出しませんが心の中で思い、いっぺんに不機嫌になってしまいます。もっと静かに喋れないか？　ひとに挨拶するのにそこまで叫ばないと気がすまないか？

電話での会話もとうぜんダメです。ただし電話は、耳の不調に関係なくもう何年も前から「おやすみモード」に設定してあって着信音が鳴らないので、かかってきたとしても気づかないし出られません。誰からの電話にも出られません。着信履歴に気づいたら、こちらからかける必要のあるひとにはかけますが、その必要を感じるひとはとくにいません。ていうか近頃では僕に電話かけてくるひとが誰もいません。どちらかといえば幸いなことです。

仕事で編集者と相談の必要なときには、たとえばオオキくんの場合なら「電話で少し話す時間はありますか？」とメッセージを送ってくれます。メッセージの着信も「おやすみモード」なので気づかないわけですが、あとで履歴に気づいたらこちらから「なにか御用でしょうか？」とか折り返し電話します。でオオキくんといえばこの連載の担当でもちろん僕の耳のことはわかっているので、音量おさえめの優しい声で喋ってなるべく短い時間で話も切り上げてくれます。ま、これはオオキくんに限らず事情を知ってるひとはみんなそうやっていたわってくれます。有り難いことです。

ですからね報告のまとめとして、あくまで治療途中の現段階での経過報告に過ぎませんが、人の迷惑ということに頭の回らない子供や、地声の大きな男女と関わりを持たないかぎり、そういう人々と言葉をかわさないかぎり僕はフツーに暮らしていけます。誰とも喋らないでいられるならなおさら快適に暮らせます。しつこい耳鳴りをシンボーしさえすれば日常生活には別に支障はありません。↑いまココ。

以上、報告終わり。

と、小説に関する東根さんの質問にはひとことも答えずここまでまた耳の話に終始してしまいましたが、最後にちょこっとだけ触れておくと、今回の僕の答えは、ちゃうちゃう、ちゃうねん、そういうこととちゃうねん、です。

僕が言いたいのは、ハトゲキは、川端康成の「心中」と比較すればですが、ぜんぜん難解な小説ではないということです。余白の読み解きを読者に迫るような、そんなかったるい(かったるい、は僕個人の感想です)小説ではないので、ただ書かれた文章を読んでもらうだけでいいんです。読んでもらえば、ひとそれぞれ楽しめるかどうかは別として、一から十までわかる小説なんです。わかることだけじゃなくて、わからないことも全部わからないまま小説としてわかるように書かれているんです。
　だから東根さんのように読んだあとで、ここがなぜこうなのかわからないとか疑問を持つのは、その疑問を持つことじたいが無意味だと思います。だってここわからないよね、ね？　そうだよね、でもだからって気にするほどのことじゃないじゃんか、煙草だって吸いたきゃ吸えばいいじゃんか、ね？　ってとこまで余すことなく手厚く書かれているわけですから。おそらく東根さんはわからなくてあたり前のことに――小説に余白要求派の悪い癖で――なぜ？　これはなぜ？　え？　わからないのはわたしだけ？　と無闇に頭を悩ませているんじゃないでしょうか。わからないのは東根さんだけではありません。誰もわからないんです。そのわからないことも含めて何から何まで書かれてしまう、つまりそれが余白なしの勝負に出た長編小説、読者に読むこと以外の何も要求しない、ハトゲキの本質だと思います。

件名：佐世保のセミよありがとう

正午さん！　ほんとうによかったですね、素敵な先生にめぐり会えて！

284
東根
2022/08/13
17:47

私も少しほっとしましたよ。この連載を読んでくださっているかたも、少しは安心されたんじゃないかと思います。

聴覚過敏や耳鳴りの症状は、その後いかがですか？漢方薬のラベルは、先生に見てもらいましたか？

ともかく私はいま、日本の夏に、佐世保のセミにありがとう、と言いたいです。だって、夏が訪れるたびにセミが出没する風土でなかったら、正午さんちのご近所でセミたちが大合唱で夏を盛り上げていなかったら、正午さんはたぶん病院には行ってくれなかったでしょう。私が週刊誌の特集記事から引用して「病院へ行こう」といくらメールに書いても、無駄でしたしね。腰が重い正午さんを突き動かしてくれた、佐世保のセミには感謝しています。

ところで正午さん。

二か月前のメールで「僕は小説に、なぜ？　の説明を要求します。読者としても作家としても、その説明を求めつつこれまで何百何千の小説とつきあってきたような気さえします」とうかがいましたね。私は目からウロコが落ちたような心持ちでいるんですが、小説ばかりでなく、正午さんはこのインタビューの返信でも、なぜ？　という疑問への答えを書いてくださっているように思います。

たとえば先月いただいたメールの冒頭部分。

「耳の調子を報告します」と始まり、「良好です」の文字が目に入ったときはまず安《あん》堵《ど》して、でもこんな急になぜ？　と私は思ったんです。で、しばらく読みすすめたところで、「じつは病院に行ってきました」と「良好」の理由と思《おぼ》しき話に移りました。読んでいる私はというと、やっと病院に行ってくれたのね！　と思うと同時に、えっ？　でも正午さん、自力で！　とか主張してたじゃん、なのに、なぜ？　なにか良くないことでも？　とちょっと心配しました。まあ、さらに読みすすめて、佐世保のセミに歓声をあげることになったんですけど。

なんだか、読んでいる最中に生じた私の疑問と正午さんの書かれた内容とが、ぴたりと呼応しているような気分だったんです。目からウロコが落ちたような心持ちのまま読んだせいですかね？　私の、なぜ？　にあらかじめ応えているんですから、ある意味インタビューアー泣かせですよね。というか、インタビューアーの力量を見越して、ですかね？

先日、『月の満ち欠け』をひさしぶりに読み返したんですけど、冒頭のカフェの場面には、いるはずの三角くんがなぜいないのか？　といった疑問よりも、（読んでいる私にとっては）もっと大きくて気がかりな、なぜ？　も描かれていました。小学生るりの、七歳らしからぬ言葉づかいや振る舞いには、どこか違和感がありましたし引っかかります。この女の子がこんなに大人びているのは、なぜ？　私はページをめくるしかありません。

目からウロコ状態でひさしぶりに読み返した私にはいま、そうした「なぜ？　の説明」が『月の満ち欠け』という小説そのもの、と言ってもオーバーではない気さえしています。

私を余白要求派に振り分けた正午さんには意外かもしれませんが、小説を読んでいてときどき出くわすこうした、なぜ？　は私にとってページをめくる推進力やモチベーションにもなります。やっぱり、その答えを知りたいですし、この先を読めばきっとそれがわかるはずと期待してページをめくります。

正午さん、小説を書く現場ではどうなのでしょうか？

なぜ？　と読者に思わせるようなことを提示しておいて、いずれその「なぜ？　の説明」を書くぞ、もちろん「答えの書かれ方」も重要視して、遅かれ早かれ書いてみせるぞ、という状態。これは、小説を書き継いでいく推進力やモチベーションになったりするものなのでしょうか？

それから。そもそも正午さんが小説に「なぜ？　の説明」を意識するようになったのはいつからですか？　たとえば、高校時代に吉行淳之介さんの作品を読んでいた頃には、すでにそういう傾向があったんでしょうか？　それともご自身でも小説を書くようになってからですか？

285
佐藤
2022/08/22
11:03

件名：平凡なこと

書きかけの小説がきりのいいところまで進んだので、プリントアウトして今月はここまで、そろそろ東根さんからのメールが届く頃だろうし頭を切り替えて今日からはその返信を書こう。そう決めて朝から仕事机の前で待機している。さあいつでもどうぞとメールの着信を待っている。八月十三日。それがいまです。それがいまなんですけども、待機は今日で二日目です。昨日のいまも同じようにしてメールを待っていましたから。

昨日は待っているあいだに退屈してついスマホで競輪に手を出してしまい、一レース外して、二レース外して、少額でも悔しいのでもう一レースやってまた外して、そうなると徐々に冷静さを失っていき、とうとう引き返せなくなって岐阜と静岡と交互に二場の車券を買い続けてひどいことになってしまいました。夕方コンビニのATMでネット投票口座に再入金して、ナイターで開催中の実はそっちがメインのGI西武園オールスター競輪にも予定通り賭けてみたのですが、ついてない日はついてないものでそっちでもしこたまやられました。

終わったのが夜八時半頃で、またコンビニATMに走ってここまでの負けをミッドナイト競輪（佐世保と小倉と二場開催）で取り返さなければと、その考えはちらっと頭に浮かんだのですが、さすがに年の功で自重できました。

これが若い頃の僕なら絶対ブレーキきかなかったと思います。自分の金使い果たしても、ひとに金借りてでもやったと思います。ほんといま、手軽に車券買えるこの時代、この二〇二二年八月、僕がもし二十代三十代の青年だったら朝から夜中まで競輪しかも毎日競輪やってただろうと想像します。僕が二十代三十代だった頃にはモーニング競輪もナイター競輪もミッドナイト競輪もありませんでしたからね！　もしあったらどうなってたんでしょう。どのくらいの借金持ちになってたんでしょう。それとも大きな借金かかえる前に競輪なんかやめてたでしょうか。いまの若い人たちって競輪とどんな付き合い方をしてるんでしょう。

そんな話はおいといて、今日も昨日と同じく仕事机の iMac の前で東根さんのメール待ってるんです。でも来ません。昨日と同じ過ちを繰り返さないよう用心してスマホは隣の部屋に遠ざけてあります。夕方あたりから台風が関東地方を襲う予報が出ていて、今日八月十三日のナイター競輪、西武園オールスターは中止順延になったそうです。でもこの時刻、いま午前十一時半をまわったところですが、岐阜と静岡では競輪開催中だと思います。

退屈なのでまた耳のことでも書きます。

こないだ通院するとき乗ったタクシーの運転手さんが、なんというか、人当たりのいい、口の滑らかな男性で、僕が行く先を告げると「耳がどこか悪いんですか？」と自然に訊いてくるので、「はいちょっと耳鳴りが」と簡単に答えると、

「耳鳴り？　わたしも耳鳴りはしますよ！」ということでした。

「ああ、そうなんですか。お仲間ですね」

「はいもうだいぶ昔からですね、耳の中で蟬が鳴いてるみたいにうるさくてね」

「どっちの耳ですか」

「両方ともですよ！　右も左も」

「え、右も左も耳が耳鳴りしてるんですか」

「はいもうだいぶ昔からですね、もう慣れましたね」

「それで、夜は眠れるんですか」

「ああ夜寝るときはね、酒かっくらってね、ハハハッ」

そんなのありなのでしょうか。

夜寝るときは酒かっくらってハハハッってそういうひとがいるのでしょうか。ふだんは右も左も耳鳴りがしてて、耳の中で蟬が鳴いてるみたいにうるさいならいまの時季本物の蟬の声はどんなふうに聞こえてるんでしょう、どう聞こえるにしても運転の仕事に支障はないのでしょうか、その耳鳴りは時々じゃなくてほんとに四六時中続いているのでしょうか、朝から晩まで、一年三百六十五日、いっときも休みなく？　マジか。

そんなの耐えられるのか？　と次々疑問をおぼえなくもなかったのですが、本人がそうおっしゃるのでそうなんだろうと思ってそれ以上根掘り葉掘りは訊ねませんでした。そういうひともいるんでしょうね、なかには。耳鳴り界の豪傑とでもいうんでしょうか。ちなみにそのひとは耳の病院には一度もかかったことはない、と断言されていました。

おととい、ここまで書いて昼食休憩後、ようやく東根さんからのメールが届いていました。でも着信は夕方で、メールに気づいて読んだのは翌日つまり十四日になってからです。十四日の朝は久しぶりに耳鳴りが辛く感じられて、酒かっくらってハハハッの運転手さんとは違って人間がヤワなので人生に少しく嫌気がさして、蟬はうるさいし暑いし倦怠感《けんたいかん》もあるしで仕事は怠けました。

　で今日は八月十五日です。

　ここ二、三年、八月十五日といえば台風の影響で雨降りが続いていた記憶があり、その天候のことをここで書いた記憶もあるのですが、今年は好天です。東根さんの住む関東地方はおととい直撃の台風の余波でどうなのかわかりませんが、ここ佐世保は昨日も今日も晴れ、外はかんかん照りです。いまさっき、毎年町内に鳴り渡る八月十五日正午のサイレンを今年も机に向かって聞いていました。耳鳴りは昨日よりはましといったところです。

　昨日届いたメールを読んだときは、それ以前に書いていたところは全文削除して一から書き直すべきかとも迷ったのですが、今回の質問を読んでもあんまり気が乗らないし、答えるにしてもそんなに長くはならないと思うので、このまま先を続けます。今日もう一度東根さんのメールを読んでみて、そうしようと決めました。

　と書いてまた一日経ち、今日は八月十六日。

　窓の外はぐずついた天気です。さっきまで降っていた雨があがって午前十一時過ぎ、いまは曇り空です。

昨日は仕事を途中で切り上げて（家族に引っぱられて）お寺にお参りに行ってきました。お盆にお寺にお参りなんてずいぶん久しぶりのことでした。ご先祖さまにお祈りしたら耳の具合も良くなるかもしれないと言われてしぶしぶ出かけたのですが、そんなことあるわけないので、耳のことは何もお祈りしませんでした。ただ父が亡くなってからもう八年くらい経つのにその間、お盆だろうが命日だろうがほったらかして墓掃除とかも家族任せにしていたので、いちおう拝むだけ拝んで「すいません、親不孝をお許しください」と心の中で一言つぶやいて帰ってきました。

実はおととい の十四日にも、夕方から、これはまた別のお寺に去年亡くなった友人のお参りに行ってきました。こっちは散歩がてらですが、自発的にお参りしてきました。途中のコンビニで缶ビールと友人が好んでいた煙草を買ってお供えして、位牌《いはい》の前で手を合わせ目をつぶって静かに語りかける、というか泣き言聞いてもらってきました。「家にこもって競輪やってもぜんっぜん当たらない。近頃は競輪場まで行く元気もない。耳の調子も悪いし体もしんどい。面白いこともなんにもない。ほんとつまらない。ときどきつらい。でも食欲はある。土用の丑《うし》に（二の丑だったけど）鰻《うなぎ》も食べた。貧乏でかつかつの生活してるわけでもないし、まだ長生きしそうなので見守っていてください」

さて、ここから東根さんの質問に答えようと思います。

Q．そもそも正午さんが小説に「なぜ？　の説明」を意識するようになったのはいつからですか？

A．いつからって、それは何ヶ月か前に小川洋子さんのラジオを聴いたひとから川端康成の掌編小説「心中」のことを教えられて自分でも読んでみた、そのときからってことになると思いますがあらためて意識したのはね。でもそもそもって言われると、それは言葉をおぼえた子供のときからということにならないでしょうか。

５Ｗ１Ｈって聞いたことないですか。僕は昔よく聞かされたような気がするんだけど、５Ｗが「Ｗｈｅｎ・Ｗｈｅｒｅ・Ｗｈｏ・Ｗｈａｔ・Ｗｈｙ」で、１Ｈが「Ｈｏｗ」の頭文字から来てるんですよね確か。文章を書くとき、

いつ
どこで
だれが
なにを

なぜ
どのように
したのかを押さえるのが大切だという教えでしょう。その5W1Hを洩らさず書くことで、ひとに伝わる文章が出来あがるということなんですけど、これね、あたり前ですよね？　言われなくてもそんなこと、自分で気づきますよね。学校の国語の先生に教わったのか、どこかで読んだ本にそう書いてあったのか、どっちにしてもなんでそんなあたり前のことを、わざわざ「5W1H」とか暗号みたいなネーミングで覚える必要があるんだろう？　と思った気がします、子供心に。子供じゃなくて中学生とか高校生ぐらいの年齢だったのかもしれないけど。だって起きた出来事をひとに伝えようとすると、その出来事を口で話すにしても文字で書くにしても、「いつどこでだれがなにをなぜどのように」してだったのかは自然と揃って出てくるでしょう。
それが揃ってないとストーリーとして成立しないから、どれか一つでも抜けてたら、それっていつの話？　って相手に聞き返されたり、え、なんで？　なんでそんなことしたの？　とか質問が飛んでくるわけでしょう。なんで負けるとわかってる競輪になんまんえんも賭けちゃったの？　えーと、それは、このところいろいろとあってさ、むしゃくしゃしてたしついスマホに手が伸びて、ごにょごにょ……とか説明が必要になるわけでしょう。

だから小説を、一つのストーリーをひとに伝えるための文章だと捉えるなら、というか僕はそう捉えてこないだからずっと話してるんですけど、小説にはおのずとその「5W1H」が揃っているはずなんです。揃ってなきゃストーリーは破綻している。意味わかんないよ、こんなの、ってことになる。たとえば川端康成の「心中」はそうなりますね、率直に言えば。もしくは無難に言い換えれば、難解、ということになる。「5W1H」を意図的に（たぶん意図的なんでしょう）崩しにかかった難解な小説。

でそういう難解な小説なんて僕は書いたおぼえがない。少なくとも自分で書こうとして書いたおぼえはない。書けそうにもない。ハトゲキにしてもほかの小説にしても、語ろうとするストーリーが読むひとにちゃんと伝わるように——解釈の余白を好むひとには物足りないかもしれないけれど——「5W1H」の一つの抜けもないようにわかりやすく書いている。ただそういうことなんです。平凡なんです。小説の書き方としては、僕がやっているのはストーリーをひとに伝えるときの基本に則《のっと》ったごく平凡なこと。これが今回の質問への回答になります。

件名：書きかけの小説

286
東根
2022/09/11
21:33

正午さん、こんばんは。ゆうべ自宅のベランダでお月見した東根ユミです。正午さん、といえばつい先日、映画『月の満ち欠け』の予告編が公開されましたね。正午さんもご覧になりましたか？　中秋の名月の話ではなく、予告編の話です。私はパソコンでくり返し観ながら、この雨宿りっぽいシーンは原作小説のあの場面？　ということは、私が原作で大好きな「Tシャツ」のエピソードもここで⁉　ああでも映画だと端折《はしょ》られちゃったりするのかなあ、でもでもやっぱり観てみたいなあ、などと、ひとりで盛り上がっています。

映画『月の満ち欠け』の公式ツイートによれば、関係者向けの試写会が七月にあったそうなんですが、原作者の正午さんはもう本編を（音量を絞って）ご覧になったんでしょうか？

昨年『鳩の撃退法』が映画化されたときは、そういえば原作者からの「コメント」が発表されていましたよね。今回は発表されないのでしょうか？　もしそういう予定がなければ、映画『月の満ち欠け』をご覧になった正午さんの感想や、（私もそうですが）十二月二日の公開を首を長くして待っている方々へのメッセージ等を、今回の返信で発表していただけないでしょうか？

ところで正午さん。

「小説にはおのずとその『5W1H』が揃っているはずなんです」というご説明は、私のライター仕事にもダイレクトに当てはまり、その基本をふだん文章を書いている最中にそれほど意識していなかった身には痛いほど染みたんですが、正午さん。それとは別に、先月いただいたメールのなかで、目を奪われた記述がありました。ぜんぜん当たらない競輪のことではありませんよ。

メールの冒頭です。さらりと、まるで「東根さん、こんにちわ」と同じようなノリに感じる軽さで、挨拶代わりのごとく、こう書かれていました。

書きかけの小説がきりのいいところまで進んだので～

この「書きかけの小説」って、具体的に何ですか？
『小説　野性時代』で年一回連載している作品ですか？　そろそろ準備される時期で

すよね。去年はお休みされていましたけど、二年前に書かれた石和《いさわ》温泉の場面のつづきが「きりのいいところまで進んだ」のでしょうか？

それとも、何年も前から取り組まれている新作のことですか？　昨年暮れ、オオキさんに宛てた返信には「このまま勢いに乗って、攻めの姿勢で続ければ年内には書きあがってしまうんじゃないか？」という言葉もありましたよね。それから八か月あまりの時を経て「きりのいいところまで進んだ」ということは、もしかして（ひとまずは）脱稿した！　ということなのでしょうか？

それともそれとも、私やこの連載の読者には内緒で、正午さんが（創作意欲も旺盛に？）先の二作以外の小説に着手している、ということですか？

287
佐藤
2022/09/20
11:33

件名：めめのこと、小説のこと

最初に映画『月の満ち欠け』について。

お訊ねの件、回答します。

東根さんご指摘のとおり、関係者向けの試写会が七月におこなわれたことは僕も出版社の担当者に聞いて知っています。そのくらいの情報は僕も握っています。ただ僕はその試写会に呼ばれていないし試写を見てもいません。したがって僕の口からは現段階では、何ともコメントできません。まだ見ていないのでコメントする資格がないわけです。

決定稿と明記された映画のシナリオはずいぶん前ですが送ってもらって読んでいるので、そのシナリオについてなら一言、二言、というかその気になればとことん語れそうな気はします。でもここで僕の語ることが、好意的な感想にしろそうでないにしろ、今年の冬に封切られる映画の評判に影響をおよぼしたらどうしよう……なんて心配は無用だとは思いますがそれでも、東根さんのおっしゃる「十二月二日の公開を首を長くして待っている方々」にとっていまはまっ、さ、ら、な映画に、一点の染みでもつけることになっては申し訳ないので差し控えたいと思います。

ただし原作者として、小説『月の満ち欠け』を書いた小説家として、まだ映画『月の満ち欠け』を見ていないこの段階で、言えることが何もないわけでもないんです。

実は一つあります。

それは映画のキャストの一人、目黒蓮という若い俳優さんのことです。彼はＳｎｏｗＭａｎというアイドルグループ（という呼び方でいいのかな？）のメンバーで、聞くところによると（担当の編集者に教えてもらったのですが）、大勢のファンから「めめ」の愛称で呼ばれているそうです。映画では三角哲彦という重要な役どころを演じるのですが、その目黒蓮さん、つまりめめが、出演するにあたって（原作者の目から見て）とても印象深いコメントを残しているんですね。これも教えてもらってネットで見たのですが、忘れないようにスマホでスクショしたのがあるので一部を引用します。

めめはこうコメントしています。

お話を頂いてすぐに原作を読ませていただきましたが、演じる三角という役どころがとても重要なことに驚きと不安を覚えたのと同時に、人柄が自分と重なる部分があり、「自分がやるべきだ」と少し運命を感じました。

東根さんこれね、この清々しいコメント、これを読んで、めめに好感を持たない原作者がどこの世界にいるでしょうか？　そら、中には、ほんとにこんなこと言ったのか？　小説もほんとに読んだのか？　横に優秀な参謀がついてて言わされてるんじゃないの？　なんて疑ったりする性格の悪い原作者もいるかもしれません。世界は広いからいるでしょう。でも僕はそういう業界ずれタイプの意地の悪い原作者とは違うので、人づきあいもなく佐世保で小説書いてるだけの、性格円満なタイプの原作者なので、いいコメントだなあと素直に思いました。

で、いっぺんに好感度アップで、もうこの映画、見る前からめめ推し、めめ担でいこうと心に決めました。なんなら今後、めめが所属するSnow Manごと、スノ担、箱推ししていくか？　とも思いました。

　めめ担とか、めめ推しとか、スノ担とか、箱推しとか、最近知った言葉をつい年《とし》甲《が》斐《い》もなく使ってみましたが、そういう話はおいといて、何が好感持てるかというと第一に、

「お話を頂いてすぐに原作を読ませていただきました」

　という率直かつ謙虚、なおかつ小説家の自尊心をくすぐるコメントですね。小説家がいちばん嬉しいのは、やっぱり自分が書いた小説を手に取って読んでもらえる、読んでもらえたということですからね！

　小説家が聞きたいのは、小説をどう読み解いたかとか、小難しい感想なんかではなくてとにかくまず「読みました」という一言なんです。それ言っとけばだいたい小説家は安心するんです。この俳優さんたち映画の台本はもちろん読んでるんだろうけど、

原作の小説はどうなんだろう？　読んだのかな？　ていうかさ、原作の小説があるってこと知ってるんだろうか一言も触れてないけど？　みたいな原作者が抱きがちの、モヤモヤした疑問がね、めめのこのコメントでは頭からいっぺんに解消されています。文句のつけようのないコメントですね。清々しく、素晴らしい！　できれば今後原作小説のある映画にご出演予定のみなさん、全員このコメントを踏襲していってほしい。

しかも好感度アップはそれだけでは止《とど》まりません。なにしろめめは、……めめ、めめとさっきからうるさいかもしれませんがすいません……めめは、三角哲彦という小説の登場人物の、

「人柄が自分と重なる部分があり、『自分がやるべきだ』と少し運命を感じました」

ともコメントしているのですから。

これはね東根さん、好感度増し増しですよ（好感度増し増しはこないだオオキくんに習った表現ですけど）。

なかなか言えないですよ、俳優として度胸のすわった発言だと思いますよ僕は。それでね、四十も年下の俳優さんにそう言われて僕も黙っているわけにはいかないので勇気出して言わせてもらいますが、実のところ、この三角哲彦という登場人物には、

人柄が僕自身とも重なる部分があるんです。ホントの話、小説『月の満ち欠け』を書いたとき、僕は三角哲彦に若い頃の僕自身を重ねたところがあるんです。

じゃあこれ、どういうことになりますか。

めめのコメントと、いまの僕のホントの話を二つ合わせると、どういうことになるかお気づきですか東根さん。

ここはひとつ落ち着いて考えましょう。

めめと三角哲彦は人柄が重なる

←

三角哲彦と僕は人柄が重なる

←

であるなら、おおよそ三段論法的に、それかリサイクルのロゴマークふうに循環して、

←

僕とめめの人柄は重なる

ということになりませんか。

なりませんか？

つまり、めめと僕の人柄はどこかしら（たぶん）重なっているわけです。

もっと勇気出して言ってしまえば、めめ＝僕なわけです！

ここでめめファンは「ギャーーーッ」とでも叫ぶでしょうか。めめファンでなくともこのおじさんキモって思うでしょうか。どっちにしてもドン引きでしょうか。

もし僕が四十年ほど遅く生まれていたなら小説なんか書かずにめめと入れ替わり、ＳｎｏｗＭａｎの一員となってステージで歌って踊っていた可能性なきにしもあらず、とまでは言いませんよ。そんな途方もないバカは言いません。

けれど、めめが三角哲彦を演じること、それはすなわちめめが若い頃の僕自身になりきることなのだと（僕がひとりで勝手に）思うくらいは許されるでしょう。なぜなら、めめ＝三角哲彦＝若い頃の僕であるのですから！

そういうわけでコメントを読んで好感度増し増しとなった僕は現在、めめ推しの原作者なのです。

めめファンをふくめた一般のかた同様、僕もまだ映画『月の満ち欠け』は見ていませんが、すでにいまから目黒蓮という俳優に注目して、スノ担の、めめ担としてこの映画を、というかスクリーンに映し出される三角哲彦の一挙一動をじっくりこの目で見守ろうと決めているのです。

ああこれが四十年前の僕の姿なのだと！（↑これ僕ひとりの勝手な思い込みなので

めめファンのかたは気にしないでください。いますぐ忘れてください）

映画に関する質問への回答は以上です。

さて。

次に書きかけの小説についてお答えします。

この書きかけの小説は、東根さんのおっしゃる「何年も前から取り組まれている新作」のことです。その長編小説がきりのいいところまで進んだ、という意味です。実はそきりのいいところ、とは具体的に言ってしまうと最終章の手前まで、です。でもそこからどうしても最終章こまでは一度、いや二度、すでに書いていたんです。でもそこからどうしても最終章へ入って行けなくて、入って行けない理由を突き止めるためにいったん引き返して、第一章から加筆したり、もとに戻したり、また加筆したりと、なんか自分でもどんくさいと思うことを辛抱して続けたあげく、ようやく三度目に最終章の手前までたどり着きました。

でもまだ納得できていません。

納得できていない、なんていうといかにもいっぱしの小説家みたいですが実情は、そういうのとは程遠いです。別の言葉に言い換えると、三回も書き直して最終章の手前まで来たのに、まだ不安なんです。これラストまでいけるのか？　いけたとしてもこんなぐだぐだの小説、いったい誰が読むんだよ？　いっぱしの小説家にしては頼りないですね。まあどんな小説を書くときも、おなじ不安に襲われることはあります。ほかの小説家はどうか知りませんが僕にはあります。それが今回とりわけ頻繁なんです。

言い訳するならこの二年間、もう二年以上になりますか、例のウイルスが世界に混乱をもたらしてから、前のように佐世保に編集者が来られなくなった、でその間、いちども編集者と顔を合わせて喋っていない、書きかけの長い小説にたったひとりで向かい合っている。……まあそれはあたり前か。小説家なんだからひとりで小説に向かい合うのはあたり前か。あたり前なんだけども、でも、やっぱり、なんか違う。この二年間、誰しもそうだろうけど、ひとりで居すぎた気がする。ひとりで考えて、ひとりで抱え込みすぎた気がする。状況としてはちょうど、ずぶの素人として、実家の自分の部屋に引きこもって、デビュー作の『永遠の１／２』を書いていたときと似ています。ただあの頃の僕は、二十代なかばの青年で体力もあった。ガッツもあった。それにひきかえ現在の僕は、体のあっちにもこっちにもガタがきて、心も疲れてクスリに頼っている六十七歳の僕は……そんな感じなんですね。

けどそうは言ってもね！　とここから話は転回します。

いっぱしの小説家ならやっぱり小説書くしかないんじゃないのかなあ。な？　ほかになんかあるの？　それしか能がないんじゃないの？　前期高齢者の、退職金なしの、年金もなしの小説家なんだから、書かせてもらえる場所で書く以外ないんじゃないの？　自分にそう強く言い聞かせて、不安も言い訳も弱気もおさえ込んで、こないだから、言葉は悪いけどもうどうにでもなれと思い切って、いまは最終章を書いているところです。思い切ったのはいいけど、このさきの結末は、いったいどうなるのでしょうか？

というところでこの件、次回また触れさせていただきます。

あとあれです、東根さんが言ってた『野性時代』に年一回連載している小説、あれは去年に引き続き今年もお休みさせていただくことになりました。例年佐世保でやっていた編集者とのミーティングが持てないわけですから、いたしかたありません。今年は主に僕の耳の不調が理由で。たとえ編集者と会ってもまともに話し合いなどできない状態ですから、厄介なことに、まだ僕の耳は。

件名：編集者からの電話

288
東根
2022/10/11
15:30

先月は、映画『月の満ち欠け』原作者の立場からの「めめ推し宣言」、ありがとうございました。

はい、私もスクリーンに映し出された三角くんを見て、これが若い頃の正午さんなのね！　と自分に言い聞かせて映画を鑑賞しようと思います。そういえば、十月下旬から開催の東京国際映画祭でひと足早く上映される、というニュースも目にしましたよ。正午さん、佐世保ではシネマボックス太陽で上映されるようです。映画公開までに、少しでも左耳の調子が良くなっているといいですね。

と、いつもの調子で書き出してみたものの、今回はこれ以上のことを書きづらいんです。いったい私はこの先なにを書けばいいのか……。というのも、編集担当のオオキさんから「もう質問は要らないかも」といった話があったからです。

正午さんに前回のお返事をいただいた翌週、オオキさんから電話をもらいました。

ふだんはスマホでメッセージのやりとりが多いんですけどね、珍しく電話で。ちょうど自宅で仕事中だった私は、パソコンに正午さんから届いていたメール「件名：めめのこと、小説のこと」を開きました。

「この『編集者とのミーティングが持てない』って、正午さん、オンラインじゃだめなんですかね？　相手の声のボリュームも調整できるでしょうし。オオキさんは正午さんとオンラインでミーティングとかしないんですか？」

「したことない。Zoomとか使うかなあ、正午さんが」

「今度のメールで訊いてみましょうか？」

「そのことなんだけど、次回はもう東根さんの質問は要らないかもしれない」

「え、どうして？」

そこで編集者から聞いた話を、私がいまここに書くのは、又聞きの部分もあるので控えておきます。その内容について質問するのも、やめておきます。「次回また触れさせていただきます」と、正午さんも書かれていましたからね。

というわけで、東根ユミのメールは、ここまでです。読者のかたには何がなんだかさっぱりわからないでしょう、すみません。このあとにつづく正午さんからの返信を読んでいただければ、（きっと）いろいろなことがわかるはずです。

とまれかくまれ、正午さん、おからだを大切に！

289
佐藤
2022/10/17
11:53

件名：お知らせ（急転の）

はいでは早速いきます。「次回また触れさせていただきます」と予告していた件について触れていきます。

書きかけの長編小説のことです。

書きかけといってもすでに最終章まで来ています。

いま最終章の（僕の計算通りなら）四分の三らへんまで来ています。たぶんこれ、年内に書きあがると思います。最終章の残り四分の一だから、年内といわず来月にも書きあがるでしょうが、読み返してみると原稿のアラが見えるので、この最終章、書いたらすぐにもう一回書き直しの作業に入ります。入る予定で書いているので、書きあがるのは（予定通りなら）たぶん順調にいって年内ぎりぎりというところです。

じゃあ最初からアラが見えないようにじっくり丁寧に原稿書けよって話ですが、それはそのつもりでやってるんです。毎日毎日、前日に書いたところを何回も読み直してアラを消して（自分では消したつもりで）書き直しては先へ進む、ということをずっと繰り返しているんです。それでもやっぱりいくらか書き急ぎの気持ちがあるんでしょうか。この仕事を一日も早く終わらせたい、もうこの小説から解放されたい、といった書き急ぎの気持ち。そのせいでじっくり丁寧に書いているつもりでも、日にちをおいてさらに読み直してみると、なかったはずのアラが見えてくるんです、ここにも、あそこにも、いくらでも。

いま書いている最終章ですらそんな具合なので、これがだいぶ前に書いた第一章だとどうなるか。読み直す前から予想つきますがおそらくアラだらけでしょう。そうすると最終章までいったん書きあがった小説の、こんどは第一章から再度書き直しの作業に入ることになります。その再度の書き直しには当然ながらかなり時間がかかります。再度の書き直しが最終章まで終わる頃にはまた時間が経って冒頭第一章のアラが見えてくるかもしれません。そうするとまたしても一からやり直しですね。再々度の書き直しです。これキリがありません。この小説、書きあがる気がしません。

いったいあと何年かかるんだろう？　書き下ろしだから原稿料も貰えないのに、あと何年こんな暮らしを続ければいいんだろう。ていうかあと何年も続けられるのか？　いまこの時点で高齢者の作家なのに？　……と前回書いたようにこの二年ほど佐世保を訪れる編集者もなくひとりで居過ぎたせいで、ひとりで考え込んで、弱気の虫に取り憑《つ》かれてしまったわけです。

じゃあどうすればいいのか？

こうしようと決めました。

まずオオキくんに連絡します。

メールを書きます。電話だと耳に負担がかかりますからね。メールといってもスマホです。メッセージアプリです。いちいちパソコン開いてメール書くのは億劫ですから。でオオキくんに僕の意向を伝えます。オオキくんが四の五《しご》の言わずに呑んでくれたら、その僕の意向をＷＥＢきららの編集長に伝えてもらいます。そこも無事通ったら次は出版社のもっとお偉いさんに僕の意向を伝えてもらって……となるのかどうか、ならないか？　そこらへんの手続きというか会社の部署や上下関係には僕は疎いので何もわかりませんが、とにかく僕は最初にオオキくんに連絡して、いま書きかけの小説の件である相談を持ちかけました。

「マジっすか」とオオキくんは返信してきました。ビックリした顔の絵文字付きで。

「うん」と僕は秒で返しました。真面目なキリッとした顔の絵文字付きで。

それから数日してオオキくんから連絡が来ました。

iPhone にメッセージが届きました。電話だと僕の耳に負担がかかるのをオオキくんは知ってますからね。あとパソコンで長文メール送っても僕が億劫がってろくに開かないのも知ってますから。内容は短く、僕の意向を受け入れるということを伝えていました。そのメッセージを読んで、読んだとたんに心の強張《こわば》りがほぐれたような気がしました。ああこれでいけるかも、この小説いつか書きあがって本になるときが来るかも！　と具体的な未来がようやく見えた気がしました。

僕の意向はこうです。

現在最終章の四分の三まで来ている小説、これをいったん書きあげてまた冒頭第一章から書き直していては時間がかかる。一年くらいはかかってしまう。一年かかって済めばいいけど、そうはうまくいかないかもしれない。途中で心が挫《くじ》けるかもしれない。怠けるかもしれない。怠けてるうちにまた一つ年を取って、耳以外にもどこか体に不調が出るかもしれない。書く意欲をなくしてしまうかもしれない。じゃあどうする。そうならないように、何か手だてはあるか？　ないことはない。書き下ろしにこだわるのをやめればいい。やめて連載小説にすればいい。どうせ書き直しに一年くらいかかるのなら、その時間を小説の連載期間にあてればいい。……あてさせてもらえたら都合がいいんじゃないか？

連載になれば定期的に人目に触れる。担当編集者、校正者、挿絵担当のイラストレーター、最小でも三人が毎月読むことになる。締切りもある。原稿料もある。よって小説の書き直しにも、ひとり孤独にやるより力がこもる。やりがいがある。校正刷り、いわゆるゲラも出て、ゲラに手を入れればいかにもプロの小説家気分が味わえるし、編集者や校正者の意見も入ってさらにしっかりした直しになる。なるだろう。たぶん連載にすれば、毎月着実に小説の書き直しは進んでいくだろう。そして一年経つ頃には小説は完成しているだろう。

というわけで、もうじき書きあがる予定の小説を今後、WEBきららで、第一章から書き直しつつ、というか、まあ意味は同じですが推敲しつつ、連載していくことに決まりました。決まりましたとか人事《ひとごと》じゃなくて、自分の考えで決めました。決めたのをWEBきららのほうで承諾してもらいました。

善は急げ。来月からここで新連載小説始まります。で今後とはいつかといえば、来月です。

したがって今月、この回でロングインタビューは最終回ということになります。

急転のお知らせとはこのことです。

もしこのロングインタビューの連載を毎月楽しみに、心待ちにされていたかたがいらしたら……そんな人いないか？　いやでもたった一人でもどこかにいらしたとしたら、謝るしかありません。自分の都合優先ですいません。急な思いつきで勝手に小説の連載なんか始めてしまって申し訳ありません。あと東根さんにも、インタビューアーに復帰していただいてさあこれからだというときにこんな急転回を迎えてしまい、心からお詫びします。

でもこれ、この急転回、思い出してみると、ハトゲキ連載開始のときと似ていますね。あのときも確かロングインタビューを突然打ち切って、翌月から小説の連載始めますと宣言して東根さんをまごつかせましたよね。憶えてますか？

あのときと同じだと思ってください。

同じというのはつまり、僕の希望としては、今回でロングインタビューはおしまいではなくて、いったん中断なんです。過去に一度中断したロングインタビューが、ハトゲキ連載終了後にしれっと再開されたように、いつかまたそのときが来るのを望んでいます。

「なにしろこれはロングインタビューですからね。その名の通り、まだまだ続くのです。質問回答のメールのやりとりはこのさきも長く果てしなく続くのです。10年20年（まだやってたのか？　佐藤正午っていったい何歳まで生きるつもりなんだ？　といつの日か誰かが疑問に思うまで）続いていくのです」

と以前にも書いています――これは文庫本の『書くインタビュー2』に収録されている当時の僕から東根さんに宛てたメールの一節です（✉077）。

そうなればいいといまでも思っています。

来月から始まる小説の連載がいつまで続くのか、まだはっきりしたことはわかりませんが、連載が完結したあかつきには、インタビューアー東根ユミさんと再会できることを願っています。

最後にちょこっとだけ、耳の具合にも触れておきます。

ただいま二週間に一度、耳鼻科に通院中です。耳鳴りの音はだいぶおとなしくなり、安定しています。止んではいません。まだ一日中休みなくしつこく鳴りつづけてはいます。空気洩れみたいなシュ――――ッという音が。でもいい加減慣れてきました。このくらいの耳鳴りなら、日常生活でさして不便もないし、一生付き合っていけるかなと思えるくらいには慣れました。

現状辛いと感じるのは、特定の音に対する聴覚過敏です。大きな音はもちろんですが、堅い物が床に落ちる音とか、金属音とか、あとは自分の声もふくめた人の喋り声ですね。これらが耳に入ってくるときの不快さはなかなかおさまりません。

人の喋る声は常に歪んでいて、時には、僕の耳にはあの、何て言いましたか、ヨーデル、でしたかね、裏声をフルフル震わせて歌っているような声に聞こえます。ですからまだまだ人と普通に話すのは無理があります。電話で話すのも難しいです。話すたびにレーイレーイ、レイホッ！　とか歌うように話されるのはたまりませんからね。

今後この症状が徐々に快方にむかうのか、それともこのヨーデル声とも一生付き合っていけると思える境地に達するのか、そのへんはま、もうしばらく治療を続けてみないとわかりません。なにしろ現状はそんな感じだというところで、続きは、また来年、あるいは再来年、小説の連載が終わり、僕の希望通りロングインタビューが再開できる日が来たなら、そこで報告したいと思います。そのときは真っ先に、正午さん耳の具合はいかがですか？　とメールで訊いてみてください。

では、とまれかくまれ、東根さんもおからだ大切に！

「書くインタビュー6」で引用された本

『きみは誤解している』佐藤正午（小学館文庫）＊「この退屈な人生」「遠くへ」所収
『阿佐田哲也・色川武大電子全集22』（小学館）＊『阿佐田哲也の競輪教科書』所収
『日本人の9割が知らない遺伝の真実』安藤寿康（SB新書）
『偉大な記憶力の物語』A・R・ルリヤ、天野清訳（岩波現代文庫）
『競輪痛快丸かじり』阿佐田哲也編著（徳間書店）
『私の犬まで愛してほしい』佐藤正午（集英社文庫）
『小説の読み書き』佐藤正午（岩波新書）
『街角の煙草屋までの旅』吉行淳之介（講談社）
『小説家の四季』佐藤正午（岩波書店）
『掌の小説』川端康成（新潮文庫）＊「心中」所収
『鳩の撃退法』佐藤正午（小学館文庫）

そのほか「書くインタビュー6」で話題にのぼった本

『ビコーズ』佐藤正午（光文社文庫）
『5』佐藤正午（角川文庫）
『正午派』佐藤正午（小学館）＊「夢枕」所収

『side B』佐藤正午（小学館文庫）
『永遠の1／2』佐藤正午（小学館文庫）
『彼女について知ることのすべて』佐藤正午（光文社文庫）
『進撃の巨人』諫山創（全34巻／講談社コミックス）
『放蕩記』佐藤正午（光文社文庫）
『取り扱い注意』佐藤正午（角川文庫）
『Y』佐藤正午（ハルキ文庫）
『吉行淳之介自選作品』（全5巻／潮出版社）
『月の満ち欠け』佐藤正午（岩波書店）
『身の上話』佐藤正午（光文社文庫）
『アンダーリポート／ブルー』佐藤正午（小学館文庫）
『ダンスホール』佐藤正午（光文社文庫）
『岩波文庫的 月の満ち欠け』佐藤正午（岩波書店）

＊現在、入手困難な本も含まれます。

―――本書のプロフィール―――

本書は、「WEBきらら」二〇二一年三月号から二〇二二年十二月号に掲載された「ロングインタビュー小説のつくり方」をまとめた文庫オリジナルです。

小学館文庫

書《か》くインタビュー 6

著者 佐藤正午《さとうしょうご》

二〇二三年十二月十一日　初版第一刷発行

発行人 石川和男
発行所 株式会社 小学館
〒一〇一-八〇〇一
東京都千代田区一ツ橋二-三-一
電話 編集〇三-三二三〇-五八〇六
販売〇三-五二八一-三五五五
印刷所 ——— 大日本印刷株式会社

ISBN978-4-09-407317-1